ALEXANDER

MW01600778

LAS ESCAMAS DEL OURÓBOROS

Copyright © 2022 Alexánder Rivera Velázquez

Todos los derechos reservados. Esta publicación no puede ser ni total ni parcialmente reproducida, almacenada, registrada o transmitida en ninguna forma ni por ningún medio, sea mecánico, fotoquímico, electrónico, magnético, electroóptico, ni mediante fotocopias o sistemas de recuperación de la información, o cualquier otro modo presente o futuro, sin la autorización previa y por escrito del autor.

ISBN-13: 9798367626667

ISBN-10: 1477123456

Library of Congress Control Number: 2018675309

AGRADECIMIENTOS V

DEDICATORIA.. VII

PRÓLOGO.. 1

I... 3

II.. 7

III 11

IV 13

V 17

VI 27

VII 33

VIII 37

IX 47

X 59

XI 63

XII 73

XIII 93

XIV 105

XV 117

XVI 127

EPÍLOGO..141

ESCAMAS (XXI) 143

ACERCA DEL AUTOR 167

Alexánder Rivera Velázquez

AGRADECIMIENTOS

Regalo unas palabras de agradecimiento a quienes hicieron posible romper con los parámetros de la realidad en una narración que se muestra cuando llega a los márgenes de la realidad. Es necesario retribuir a todos los que lograron que se forjara un autor nuevo, y le dieron la habilidad de ser un ente de los que manipulan la alquimia de las palabras. Agradezco a los que liberaron al escritor que se encerraba en mi piel. Un dios libre es quien escribe porque tiene la capacidad de hacer posible cualquier cosa. Como dijo Vicente Huidobro: "El poeta es un pequeño dios". Y hay que extrapolar dicha expresión a la generalidad de todos los estilos literarios.

Cierro los agradecimientos con cinco nombres. Primero, mis padres, María de los Ángeles Velázquez Figueroa y Abraham Rivera Gómez. Ambos unidos son lo más cercano a tener un dios en casa. Luego, mis guías en la literatura: Luis López Nieves, José Rabelo y Emilio del Carril. A estos les debo la iluminación en el camino.

DEDICATORIA

Solo dos candilejas

Si te preguntas si fue real...
¡sí, estuve allí!
Allí donde la gravedad es un mito;
donde lo irreal se hace posible,
sí, estuve allí.

No esperaba verte
(solo fue coincidencia)
¡Coincidencia divina!
divino el fruto
divino el espacio
divino el amor
divina tú
divinos

¡No esperaba verte!
Fuimos la coincidencia
con la que siempre quise coincidir;
fuimos tres: tú, nosotros y yo.
Entonces el mundo se apagó...
¡Luz, cámara... acción!
solo dos candilejas:
una sombra y dos ojos verdes
¡Corte!

De nuevo la luz
y la sombra huye...
De nuevo la luz
y la sombra sufre.

Me voy, no quisiera...
(correría hacia ella)
pero ya toca despertar.

Solo fueron segundos,
pero larga fue la mirada

(el tiempo: risas y burlas)
porque rompió con la medida
la vida se liberó
y se hizo la dueña de la gravedad.

Solo fue coincidencia
y abrí los ojos...
¡Solo fue una coincidencia!
¡Corte!
Me escapé o te escapaste
como pez entre los dedos;
te quedaste con la luz
la guardaste en tus ojos
(Nadie más puede notarlo).

Me quedé el lente
que ya no guarda tu imagen...
Nos quedamos con la acción
de un sueño de alguien despierto;
me quedé con tus ojos...
¡Corte!

Alejandro V

Alexánder Rivera Velázquez

Prólogo

S oltó el lápiz con el que escribió el primer borrador de un ensayo que resumía su investigación sobre las serpientes. Se escuchó un fuerte bufido de un ejemplar de estos animales antes de tomar las hojas de lo que acababa de escribir. Su intención era leerlo en voz alta, aunque aparentemente no hubiera nadie cerca de él para escucharlo.

*

La clave del éxito en una cacería es el sigilo. La cautela es parte del proceso de alimentación que sucede antes de que una serpiente muestre los pequeños dientes semicurvos que sobresalen de su boca chata, amenazantes ante el botín. Primero se mueve con calma para acercarse a la presa. El suave serpenteo sobre la tierra húmeda o la arena no se siente más que como unas simples cosquillas en un abdomen protegido por escamas, el cual se mezcla con la emoción que produce la seguridad de alimentarse.

Alguna que otra hoja, o pedazo de rama, seca puede quedar atrapada bajo las escamas que normalmente se detendrían por el ruido que produce el crujir de alguna de estas, o el sonido suave, pero revelador del serpenteo sobre la arena. Si la presa no se percata del asecho, la cacería se mantiene. Entonces es normal que todo siga su rumbo y la víctima muestre indiferencia ante la mirada casi ciega, pero fija de la cazadora. Por ello, la presa continúa con sus pasos suaves y errantes, o se queda detenida. Es probable que también siga en la búsqueda del alimento sin saber que en unos minutos su cuerpo será parte de la digestión de una rastrera que no dudará en tragarla.

La serpiente saca la lengua bífida como si pudiera anticipar el sabor de la carne y se siente en control con ello, ya que para ellas en este órgano se aúna gran parte de los sentidos. Siempre lo hizo así desde que su primer ancestro le demostró la importancia que tiene la acción de anticiparse al deleite antes de degustar el alimento. Es seguro que la primera presa ancestral fue carne, piel y deseo. Por ello, la comida se debe desear desde todos los aspectos y cada uno de los sentidos.

Estos reptiles demuestran que para la cacería lo principal no es la vista, aunque inicialmente tienen que percatarse del entorno, y las serpientes tienen sus métodos. Para ellas observar a la presa es lo primordial, aunque es cierto que no tienen buena visión, por lo que utilizan la lengua bífida para distinguir cada detalle que las rodea. Lo segundo es el tacto porque la tierra se aúna con la presa y la cazadora. Lo tercero y lo cuarto son el olfato y la audición, ambos juntos porque la lengua bífida también trabaja a la par con la nariz del reptil para exaltar el talento de un animal cazador. Lo quinto y último es el gusto. Esa es la parte más importante de todo; es el cierre del ciclo de cinco pasos que unifica los sentidos durante la cacería de una serpiente.

Alejandro V.
(primer borrador)

I

No tengo un nombre específico, aunque me llaman de muchas formas. Todos los apelativos que me han designado son el producto de la diversidad en los puntos de vista de los seres humanos. Muchos me catalogan como el principio del mal, pero son tan injustos que no abren la opción de visualizarme como lo que realmente soy, el Uno y la Verdad.

Claro está, por mí es que la verdad tiene piel y la muda. Sin embargo, es complicado hacer entender a los seres limitados por un cuerpo simple y tres dimensiones que existen ideales más allá de los extremos de sus pensamientos. Para las mujeres y los hombres es muy sencillo señalar, bajo sus límites, algo que no entienden. Me juzgan sin base; me escupen simbólicamente en la cara sin fundamentos; me encierran tras una imagen que les fue mostrada en un libro de fantasías.

Dicho libro estaría compuesto por más que solo "hermosas historias", si fueran reales; pero son las mentiras más burdas colocadas frente a la humanidad. Son un engaño sustentado por el miedo más antiguo que tienen los seres pensantes... lo que es la vida y lo que ocurrirá después de la muerte. Yo, al ser la Verdad, podría reptar hasta los oídos (como hice con la primera mujer) y revelarle a cada ser humano el porqué de su creación y lo que será de su destino.

Hay que mencionar que sí intenté narrarle la verdad de la existencia a la humanidad. Me lo propuse y es mi cometido desde hace miles de años; lo intentaba cuando cada ser humano estaba a segundos de morir. Pero me cansé de perder el tiempo intentando revelar ese tipo de secretos a las personas porque iban a ser olvidados cuando reencarnaran. Entonces esperé hasta tener un cuerpo igual, uno humano; ese sería el momento perfecto. Así, al manejar las palabras escritas, ya que estas son inmortales, podía mostrar de una vez el rostro verdadero de la Muerte sin que fuera olvidado.

Sí... La Muerte la cual se aparece con una melena que aparenta tener vida propia. Es apropiada la antítesis anterior (vida y muerte) porque los pelos y el cuerpo se mueven como si ambos no fueran parte del mismo ente. Solo revelaré que los seres humanos, a segundos de morir, lo último que ven son los cabellos largos muy parecidos a las ramas del árbol llamado "Roble del ángel", los cuales no se extienden en lo alto, sino que se arrastran hasta cubrir el cuerpo del difunto en turno. Es importante destacar que la melena no llega sola, la acompaña un cuerpo que la sigue con un movimiento que simula una oruga. Cuando se levanta para impulsarse hacia al frente, el conjunto luce como una tarántula Goliat. Ese es el momento en el que más imponente se presenta la Muerte ante la vida, o lo que queda de ella.

Lo que nunca he entendido sobre ese tema es cómo el ser humano es tan iluso y no ha reconocido el rostro de quien culmina momentáneamente con su existencia. Por el contrario, tanto se pierde en el tramo de la reencarnación (cosa que no es mi labor, así que no entiendo cómo sucede) que olvidan lo que les puedo revelar antes de que llegue la Muerte. Siempre deseé que alguien con una imagen intachable, a diferencia de la mía, la recordara para que fuera quien manifestara dicho conocimiento ante el mundo. Por ello decidí arriesgar mi eternidad al volverme hombre, pero eso lo detallaré más adelante.

Por otro lado, catalogo como injusto el hecho de que olviden la identidad de ella, (la Muerte), aunque no se pierde por completo el recuerdo de ese rostro masculino que la representa. Es cierto que lo recuerdan de alguna manera cuando el ciclo comienza y vuelven a nacer; es triste observar cuántos veneran la imagen del ser que representa lo más temido por los mortales, y lo hacen sin saberlo. Yo sé la verdad porque la soy, y debo decir que veo a la Muerte pasar desapercibida en los altares cristianos; claro, ya sin arrastrarse como yo lo hice por milenios, sino erguida, con los pelos largos cayéndole sobre los hombros, pero venerada cuando se muestra clavada ante una cruz.

Alexánder Rivera Velázquez

II

Volviendo al tema de mis apelativos, sé muy bien que mi nombre es definido como el adivino, el mago o el hechicero. Triste ha sido mi guerra contra la Muerte, tanto que la injusticia se justifica en los diccionarios, si de mi nombre se trata. Pero colocando a un lado mis penas con necesidad de desahogo, es necesario dejar claro que siempre he luchado porque la verdad no sea solo mía, sino que pueda entregarla a todos los seres vivos, principalmente a los humanos. Lo primero que tuve que hacer fue unificarme con una persona (para mí, un vagabundo), el cual luego supe que lo llamaban Alejandro V. Era justo convertirme en alguien con menos apelativos que yo.

Ese día que decidí unirme con él, lo seguí hasta que llegó caminando a un sendero de tierra húmeda por las lluvias constantes en aquella zona tropical. Era uno de los muchos sitios en los que habité. Dicho lugar conectaba con la vía principal que daba hacia un pueblo. Vi que hizo pequeñas paradas para refugiarse del agua que caía. Podía seguirlo sin problemas porque tenía una camiseta roja, aunque bastante gastada, en la cual se podía notar en la espalda un diseño de dos alas y las siglas V. P. E. M. El pantalón era un mahón manchado en la parte inferior por el barro y también estaba gastado. En lo físico, es importante mencionar que no era muy alto, lo cual fue bueno en el momento de tragarlo.

Cuando se detuvo en medio del camino fangoso, pude acercarme bastante desde uno de los extremos que tenía vegetación, camuflándome con el follaje. Varias hojas quedaron quebradas bajo mi abdomen, pero el éxtasis del hombre bajo la lluvia densa fue lo suficiente como para bloquearle los sentidos. Los goterones de agua se deslizaban por su carne hasta desprenderse y chocar con el suelo. En el momento preciso, hice un giro hacia él y me lancé a la cacería. Pude agarrarle las dos piernas hasta que le quité el balance y se desplomó. Intentó deshacerse de mí con las manos, pero las presas comenten errores bajo la desesperación y lo que logró fue que pudiera aferrarme más hasta subir a la clavícula y clavarle los dientes. Me enrollé alrededor de su cuello para dejarlo sin oxígeno, sin matarlo, pero debilitándolo lo suficiente.

Una vez inmovilizado, cuando casi dejé de sentir su pulso, extendí mi boca y la acerqué a la parte superior de su cuero cabelludo negro. La cara se le estiraba y se le abría la boca cuando mis dientes semi curvos la rozaban para enterrarse en ella e impulsarla hacia adentro. Cuando sentí la parte superior de su cuerpo en mi esófago, comencé la tarea más complicada... los hombros. Estiré la boca lo más que pude. Sentí como si los extremos se me fueran a quebrar como las mujeres en un parto natural, aunque a la inversa. Entraron cada uno de los hombros; tuve que hacer varios intentos para lograrlo. Solo faltaba engullirlo un poco más para que mi boca tuviera descanso. Apreté lo que quedaba libre del cuerpo con el mío e hice un esfuerzo más para ingerirlo y entró un poco más. Sin embargo, fue mucho el afán para el poco progreso, pero el sacrificio era necesario. Con otro impulso pude tragarlo hasta la mitad de los brazos.

Así continué por un largo período, enredando mi cuerpo para impulsarme y completar mi cometido. Al culminar, cuando ya tenía a Alejandro a punto del proceso de digestión, comencé la simbiosis. Su cuerpo activó el sistema nervioso adentro de mí, sentí las arcadas por primera vez. Desde ese momento no estaba seguro si yo era él o viceversa. Lo que sí estaba claro fue que completé la fusión exitosamente. Por lo menos eso pensaba... ¡Tanto que temí intentarla por siglos! Por fin iba a poder revelarle la verdad a todos los seres vivos sin que se olvidaran de ello.

Mi piel comenzó a tornarse con forma humana; además, se mostraba algo opaca. Mis ojos tenían un tono grisáceo y mi abdomen, rojizo. La lluvia nunca se detuvo, lo cual mantuvo la humedad necesaria para el cambio de piel; me sentía relajado. Luego, el viento se dejó sentir arrancando las hojas de los árboles que había alrededor. Aquellas ráfagas llevaban un aroma familiar, como el que tienen los seres ancestrales.

Comencé a dejar mi antigua piel atrás. En general, toda se me desprendió, pero no la arranqué con el serpenteo como comúnmente lo hacía, sino que con mis manos la despegué poco a poco. Es decir, sí me arrastré en un principio; claro, seguí mi instinto, pero la sensación de tener un cuerpo nuevo no fue difícil de comprender y ajustarme rápido al cambio; eso creía. Adquirí la forma del hombre, pero con piel de reptil.

Me senté y arranqué lo que me quedaba de piel vieja en la parte baja del cuerpo. Cuando me puse en pie, inmediatamente las piernas se me tambalearon y caí de rodillas, aunque me pude aguantar sin problemas con las manos. Miré al cielo, la lluvia se estaba deteniendo, pero el viento se mantenía igual y con el mismo aroma que me traía recuerdos gratos. Solo lloviznaba y pude notar que una estrella negra se encendió, la cual no puede ser vista, aunque sí sentida. Sin importar lo nublado que esté el cielo, uno siente su vibración en la tierra.

Con la fuerza que me transmitió la vibración de dicha estrella, pude levantarme y dar mis primeros pasos que, aunque errantes, fueron precisos. Observé mi cuerpo nuevo; me percaté de que era demasiado evidente mi rasgo de reptil, aunque hubiera mudado la primera capa de piel. No me gustaba la idea, pero era necesario llevar a la Verdad al terreno de la Muerte, siendo un mortal. Desde ese instante ambas representaciones se manifestaron a través de una piel peluda de mamífero, la cual recogía la suciedad a través de sus cabellos inmundos. Un cuerpo grasoso que se corrompía mediante los deseos de la carne.

Sin embargo, era realmente necesario utilizar mi único intento de poder dejarle saber a la humanidad cuán engañados estaban y revelarle el rostro verdadero de la Muerte. Desde ese día todo cambió para mí y aposté a la evolución sicológica de los hombres y las mujeres con mi vida. Por ello, dejé de ser la serpiente, el diablo, la pitón... Ya no era el padre, desde ese momento fui el hijo.

III

Después de mis primeros pasos por el camino de tierra húmeda, me dirigí hacia el pueblo que colindaba con el área boscosa. Luego de algunos pasos, otra vez perdí la firmeza en las piernas. Además, comencé a ver todo borroso; caí nuevamente al suelo. Lo último que recuerdo fue a un hombre que llevaba un sombrero gris y a una mujer pequeña con el pelo rojo que lo acompañaba. Él me levantó como si me conociera. Diría más... como si me amara. Esas cosas se sienten, aunque uno no sepa cómo. Nunca olvidaré el intercambio de palabras entre ellos:

—Toño, vamos a llevarlo al hospital antes de que se nos muera el muchacho —dijo la mujer con la voz entrecortada por el llanto—. No podemos perder tiempo.

—Pero, Elena, ¡tienes que calmarte! Sabes que él es fuerte.

No escuché nada más. Ese fue el último momento en el que pude dominar el cuerpo antes del segundo cambio de piel.

Alexánder Rivera Velázquez

IV

Siempre odié la rutina. La alarma todos los días sonaba a las 4:30 a. m. Me viraba para no escucharla; me ponía la almohada en la cara, pero siempre, después de un rato, sabía que tenía que apagarla. Me sentaba en el borde de la cama unos segundos. Me impulsaba con los brazos para levantarme y daba los primeros pasos sin seguridad. Caminaba hacia el baño; encendía la luz y me cepillaba los dientes antes de bañarme, mientras miraba mi cara de dormida en el espejo del botiquín.

"¿Por qué las mujeres tenemos que jodernos tanto?", pensé.

Siempre, cuando salía del baño, agarraba mi uniforme de enfermera que dejaba planchado desde la noche anterior. Luego, iba a la cocina y tomaba dos rebanadas de pan. También iba a la nevera y agarraba un pedazo de queso y otro de jamón. Eso me lo comía, mientras cogía mi cartera y caminaba hacia la puerta. Todo era parte de mi rutina. Una vez afuera, me dirigía hacia mi Chevrolet Malibú. Siempre me daba problemas para abrirlo. Tenía que montarme por el lado del pasajero porque la cerradura del chofer estaba dañada. Después, lo difícil era prenderlo...

—Maldita sea esta mierda; nunca quiere prender de una —decía mientras daba algunos golpes sobre el guía cuando no arrancaba el motor.

"Algún día tendré que salir de esta porquería de carro".

Nada, cuando al maldito carro le daba con prender, entonces podía ir para el hospital. Mientras tanto, me maquillaba durante el camino. Por lo menos así despejaba la mente. Primero me pasaba la base en el primer semáforo. En más de una ocasión le mostré el dedo del medio a la gente con prisa que no ve como arte femenino el maquillarse mientras se guía. Odiaba que sonaran la bocina sin tener razón.

Lo segundo que me pasaba era el "concealer" o corrector, seguido por el colorete. Para cada semáforo tenía destinado un maquillaje en específico. Nosotras no podemos llegar al trabajo como una bruja, "never". Claro, cuando me cogía el semáforo en verde, me atrasaba un poco, pero terminaba en el estacionamiento del hospital.

Lo último que me pasaba eran el delineador y la mascara. Obviamente, eso tenía que usarlo con calma. Una vez por poco me meto la punta de la mascara en el ojo. Lo pienso ahora y me río, pero en en ese momento fue una puta jodienda. Por eso prefería coger unos minutos para terminar en el estacionamiento, aunque me bajara tarde. Total... los enfermos no se van a ir. Cuando me bajaba, me pasaba el brillito de los labios; agarraba la cartera y, con la punta del zapato, cerraba la puerta y seguía para el hospital.

Aquel día nunca lo olvidaré; se supone que fuera un cinco de septiembre cualquiera. Hasta la fecha recuerdo. Todo iba normal hasta que entré al turno. Primero ponché y saludé a las muchachas como siempre. Ellas fueron las que me hablaron de un hombre que había llegado con síntomas extraños. Lo trajeron dos personas mayores, una pareja. Solo me dijeron que el señor llevaba sombrero y lo acompañaba una señora muy pequeña que tenía el pelo rojo. No se querían apartar del hombre, el cual aseguraron que era su nieto. También dieron el detalle de su nombre: Alejandro V. Además, prometieron regresar pronto.

Bueno, les pedí más detalles a las muchachas, pero no sabían lo que tenía aquel paciente. Eso sí, me dijeron que la piel del hombre estaba extraña. Ellas creían que tenía algún tipo de enfermedad de transmisión sexual o algún hongo... Yo no sé. Aunque eso despertó en mí la curiosidad de ir a verlo. Lo tenían en el cuarto 121.

Desde un principio me sentí nerviosa cuando caminaba hacia la habitación. No sé si era yo, pero me daba la impresión de que el piso vibraba cada vez más fuerte mientras me acercaba a donde estaba el paciente. De momento, me detuve al pensar que estaba ocurriendo un temblor de tierra, pero no era eso. Se sentía un poco distinto; era como un hormigueo que me subía por los pies hasta las rodillas cada vez que daba un paso. Quise llamar a una de las muchachas para que me acompañara, pero no sé por qué seguí sin pensar más.

Una vez llegué al marco de la puerta, sentí que me temblaron las manos. No pude aguantar una sonrisa que se me escapó sin sentido, y salté hacia el interior del cuarto con la exaltación de estar a punto de ver a un ser querido. Así fue la emoción que tuve, aunque momentánea porque cuando lo vi por primera vez, a Alejandro, todo se convirtió en asco.

Era un hombre de más o menos unos cinco pies y medio, bastante fornido, pero con la cara destrozada por unas heridas como de dientes. Además, su piel... no sé qué era lo que tenía, pero se mostraba con diferentes colores. Todo iba desde un verde oscuro, se tornaba como marrón hasta llegar a distintos tonos de crema. En un principio no lo vi, pero tenía diferentes patrones. La verdad, a mí me pareció de momento que eso no era un hombre, sino un animal asqueroso.

En fin, salí de allí rogando que no me tocara atenderlo. No creí que iba a poder soportar estar cerca de eso que no sabía ni por qué tenía nombre. La gente no se cuida y se le pegan cosas que ni se sabe lo que son y una es quien tiene que bregar con esas mierdas. No es justo, yo estudié enfermería, pero no para tocar a gente así de repugnante. ¡Qué asco! Así pensaba en un principio.

V

En un principio no me pude mover. Estaba acostado sobre mi lomo, lo que ahora era la espalda. ¡Qué incomodidad! No entiendo cómo las personas pueden descansar así. El único movimiento que hice, además involuntario, fue el de los músculos de los párpados para abrir los ojos. Creo que el instinto de reptil todavía superaba mi actual naturaleza y mi forma nueva de humano. Luego, intenté sacar la lengua para estar al tanto de lo que me rodeaba y no pude. Total, hubiera sido en vano; las personas solo la usan para degustar, a veces pronunciar cosas sin sentido y pasarla por sitios extraños. En fin, estuve consciente, pero inmóvil, como un ser sin motivo ni razón.

Eso sí, podía ver mejor que antes, más bien de una manera distinta a como lo hacía cuando me arrastraba; sin embargo, no controlaba el cuerpo nuevo. Entonces, así, como un pedazo de carne inservible, estuve en un hospital envuelto entre unas sábanas manchadas y percudidas hasta que le di un giro poético a la situación. Luego fue cuando supe los detalles del lugar y de la gente que rondaba el área. Obviamente, en un principio, no sabía lo que era un hospital. ¡Qué iba a saber yo que ese tipo de lugares existían! En mi forma original cosas así me eran indiferentes.

El frío hacía que se me secaran los ojos abiertos y, aunque trataran de cerrármelos, no podían. Daba lástima la pobre señora que luchaba contra mis párpados. Luego supe que la llamaban Carmen y era la enfermera de mayor rango por su tiempo en el empleo. Creo que no estaba muy cuerda, pero, aun así, luchó por cerrarme los párpados hasta que se rindió. Yo tampoco la pude ayudar. La opción final que ella tuvo fue la de echarme un líquido transparente que me aliviaba el ardor. Pero la vista no era el único problema; también tenía la piel débil. Todo era tan distinto. Sentía que cualquier cosa en el entorno podía dañarme.

Como método de defensa, comencé a prestar atención a lo que decían las personas que se acercaban. En más de una ocasión me contuve para no desesperarme al nivel de perder la consciencia por no entender el lenguaje que usan en la medicina. Esos conjuros pronunciados para la programación de algunas máquinas y las palabras en clave entre las personas me desenfocaban del objetivo de revelar al mundo la verdad.

¡Qué mucho tiempo perdí en esas bobadas insignificantes! Ahora sé que nada de ello debió tener pertinencia, pero el desconocimiento genuino es el nutriente principal en el alimento de la ignorancia. Lo que tuve claro siempre fue que era importante progresar en la adaptación del cuerpo nuevo; sabía que en algún momento me iba a poder levantar y lograr mi propósito en la existencia.

Claro está, sabía que iba a ser complicado. Primero porque no era sencillo que mis instintos se acoplaran a un cuerpo humano y, segundo, sabía que las personas son incrédulas ante lo que corrompe su fe hacia cualquier dogma.

Sin importar los obstáculos, tenía que llevar mi mensaje y enfrentar todas las consecuencias. Lo peor era saber que el tiempo pasaba y no podía salir de aquel estado de inmovilidad.

Intenté de todo para controlar otra vez el cuerpo y levantarme de allí, aunque fue en vano.

Solo podía viajar en los pensamientos y reviví una de las experiencias más gratificantes que he experimentado durante tantas épocas. Recordé a mi amigo poeta... De repente, su nombre se convirtió en un palpitar permanente en mis pensamientos. Si hubiera podido, lo hubiese gritado para sacarlo del plano de mis ideas y compartirlo con todos. Y lo hice, aunque fuera solo en mi mente: ¡Francesco! ¡Francesco! ¡Francesco! Sí, Francesco al que visité en innumerables ocasiones hace varios siglos.

Me emocionaba divisar en mis pensamientos la estructura imponente hecha de ladrillos y piedra en la que él vivía. Siempre entré por el mismo lugar sin problema alguno. Por ello, ya tenía el camino medido. Primero, salía del área boscosa tras la casa. Analizaba el entorno con mi lengua bífida. Cuando estaba seguro, reptaba esquivando los arbustos decorativos del jardín. En ocasiones tuve que usarlos para esconderme, pero como acostumbraba a ir durante las noches, solo me escondía para asegurarme de esquivar las amenazas. Así, cauteloso, llegaba a la parte posterior de la casa donde había un escalonado en una de las esquinas. Subía sin prisa, escalón por escalón, ayudándome con el abdomen.

Cuando llegaba a la parte superior, reptaba hasta la puerta y rozaba mi cuerpo por ella para confirmar si estaba abierta o no. Siempre estuvo cerrada durante las primeras ocasiones que visité la casa de mi amigo. Sin embargo, hubo un momento en el que él ya sabía o presentía que iba a visitarlo y dejaba la puerta abierta. Los poetas pueden tener ese nivel de sensibilidad. Por otro lado, cuando estaba cerrada, el proceso consistía en llegar hasta el agujero perfectamente rectangular que había en la pared, decorado con unas telas hermosas de un color rojizo oscuro. Francesco tenía buen gusto.

Una vez allí, confirmaba que no hubiera nada debajo, en el suelo. Entonces, me contraía para hacer fuerza con el abdomen y me impulsaba hacia arriba hasta colocar mi cabeza sobre el borde del marco de piedra. Me ayudaba con los ladrillos que sobresalían de la pared.

Una vez tenía la parte frontal de mi cuerpo arriba, comenzaba con la segunda fase del proceso. Me impulsaba con toda la fuerza, desde la cabeza hasta la punta de mi cola. Lo hacía una y otra vez... Me aferraba; me contraía y me estiraba.

Todo el esfuerzo de trepar lo hacía con la parte inferior de la mandíbula. No podía detenerme hasta que estuviera completamente arriba. Claro, me ayudaba el detalle de que no había tanta distancia entre el suelo y ese agujero por el que me colaba a la casa; además, el declive del terreno era el idóneo para que la tarea de deslizarme fuera más fácil. ¡Qué mucho ha cambiado todo! Ahora esos agujeros rectangulares tienen marcos de metal y hasta tapan los espacios abiertos con cristales. Lo que no cambia es que los decoran con distintas ornamentas, aunque ahora, además de telas, usan plástico y otros materiales. Bueno, eso es otro tema, el de decoración de casas humanas.

Regresando a lo importante, la tercera parte del proceso era la más sencilla, una vez arriba, solo me deslizaba sin dejarme caer abruptamente hasta el suelo. Todo era poco a poco; el sosiego era la parte más importante del proceso. Sé que las serpientes tienen mala fama por la injusticia divina, pero si hay algo bueno en nosotras es la calma. Sí, la calma para cazar, para comer, para que en alguna época sean respetadas, para aparearse; tienen calma para vivir...

Es importante mencionar que cuando ya estaba adentro, la situación cambiaba. Lo único que hacía era reptar por un pasillo largo que cruzaba la casa hasta llegar a una habitación de fondo. Siempre lo hice pegado al borde inferior de la pared; me daba seguridad, aunque nunca pasó nadie. Cuando ya podía divisar a Francesco, veía la parte superior de su espalda. Él se sentaba en un mueble de madera pulida; era un sillón con detalles oblicuos tallados en el espaldar y una tela color cardenal como cojín del asiento. A decir verdad, el mueble no era lo importante.

Lo destacable del momento era lo que él hacía. Las palabras que escribía y las que pronunciaba cuando sentía mi presencia. Sé que sabía que estaba allí porque a veces hablaba como el que lo hace a sabiendas de que es escuchado; escribía como quien lo hace frente a un público; pero amaba como si no hubiera un mañana y quería compartir su amor, esparcirlo por el mundo mediante las palabras. En esos momentos sentía como si ese mundo se resumiera en mí.

Desde esa época conocí la poesía y tuve claro que todo poeta tiene algo o alguien que lo impulsa a crear palabras como el método más asertivo de escape. Asimismo, toda la poesía es engendrada por un estímulo basado en un sentimiento y una mente que la transforma en arte. Eso lo aprendí con Francesco, que siempre expresaba verbalmente ideas como esa que acabo de decir. Era común que él filosofara mientras escribía. En su caso, el dolor por la pérdida de Laura (ese era el nombre de su gran amor) lo inspiró a crear una obra que luego titularon *Cancionero*.

Digo titularon porque ese no era el nombre. Estoy al tanto de que él no quería nombrar así a su poemario. El apelativo que siempre quiso para su obra fue el mismo que con el que llamaban a su amada, Laura. Por eso siempre verbalizaba en italiano lo mismo:

—¡Laura! ¡Mi Laura! No tendré la de piel, pero sí la de papel, y de esa nadie ni nada me apartará; a ella siempre le escribiré.

También recuerdo que él creaba esos poemas, a los cuales llamaba sonetos, para poder desahogarse antes de descansar. Durante las peores noches siempre se sentaba a escribir. Fue el único método para lograr dormir tranquilo.

Siguió creando poesía y cada vez en mayor cantidad, el dolor era lo que lo impulsaba. Eso sí, mientras creaba sus obras estaba al tanto de mi presencia allí, aunque yo no hacía ningún ruido; no lo interrumpía. Siempre repté sigiloso hasta colocarme detrás de él. Cuando sentía mi llegada se detenía sin soltar la pluma, la dejaba inmóvil por unos segundos antes de continuar con su creación literaria. ¡Claro que sabía que yo estaba allí! Si hasta la puerta dejaba sin cerrar como si esperara una visita, mi visita. Desde ese momento imaginé utilizar la poesía con el fin de revelarle la verdad a los humanos.

Como mencioné, Francesco pronunciaba pensamientos filosóficos desde su supuestamente lujoso asiento de madera. Todo lo intercalaba con los versos de sus sonetos y las otras obras más extensas. Siempre parecía como si estuviera hablando solo, pero, como dije, estaba al tanto de que yo lo escuchaba. No me temía y me mostraba su respeto regalándome el honor de poder escuchar sus piezas poéticas cada vez que las terminaba. A veces me anticipaba alguna de las ideas que balbuceaba antes de terminar el poema. Claro, lo hacía sin voltearse; nunca me miró.

Creo que los poetas transmiten una carga tan grande de sentimientos que logran llevar los sentidos a otro plano. Es como si dejaran de ser humanos y se convirtieran en unos pequeños dioses creadores de figuras retóricas. Ellos trascienden a otro lugar en el que no hace falta lo sensorial para la comunicación. Es como si fueran los maestros expertos en manejar la glándula pineal entre los vertebrados. Por ello, aún pienso que Francesco y yo logramos conectarnos sin que fuera indispensable la interacción sensorial. Lo único necesario era que estuviéramos cerca para intercambiar ideas, enseñanzas y sensaciones.

Gracias a esa complicidad entre ambos, tengo el honor de decir que fui el primero en escuchar su obra poética y otros poemas de su autoría que nunca serán leídos. Solo eso recibí de él, escuchar su arte o más bien sentirlo, ya que no se giraba a verme ni se levantaba hasta que yo me fuera. Pasamos por muchos momentos llenos de palabras e ideas. Fue un tiempo hermoso, cargado del sentimiento más puro que conocía hasta el momento. Claro, siempre llega la época triste para los mortales y aquella no fue la excepción.

Luego del 1374 extrañé mucho a Francesco. Era la única persona que no me temía por ser una serpiente o un supuesto ser maligno. Creo que por eso no me miraba, sabía que lo importante en un ente es la esencia y no la imagen. Mucho menos si esa apariencia iba acompañada de una reputación manchada injustamente.

Dicha experiencia fue parte esencial en el detonador que hizo que tomara la decisión de revelarle la verdad a las personas. Para mí fue un honor saber que un par de siglos después otros poetas crearon sus obras partiendo de las ideas y el estilo de alguien que fue un gran amigo y, sin saberlo, mi mentor.

El pensar tanto en Francesco, su arte y el amor que él sentía por Laura me dio una idea para transmitir mi mensaje versificado a las personas, mientras estuve inmóvil en el hospital. Así como él se hizo un maestro de la glándula pineal y me transmitía tanto mediante sus obras, yo podía hacer lo mismo con alguna de las personas que me atendían. Claro está, nunca había escrito nada; sin embargo, tenía en la mente algunos versos libres a los que en ocasiones les daba forma y jugaba con las rimas al unirlos en los pensamientos. Ahora tenía que organizarlos y nombrarlos como el resultado de distintos poemas completos para poder transmitirlo todo, aun con la carencia de movimiento en mí.

La mayor limitación era que muy poca gente se me acercaba. Sin embargo, me frecuentaba mucho una mujer a la

que llamaban con el apelativo de Penélope, además de la señora Carmen. No era necesario que pudiera controlar mis sentidos para saber que la más joven mantenía cierta distancia
conmigo. Sin embargo, no dejaba de acudir al lugar en el que
me tenían acostado. Yo imaginaba que era por cumplir con su
trabajo, y no me equivoqué en un principio. En ocasiones se
acercaba, me observaba e intentaba no tocarme. Siempre llevaba las manos protegidas con guantes plásticos. Pero sin importar que se cubriera las manos, ella evitaba el contacto; si lo
tenía que hacer era con las puntas de los dedos, los cuales des-
pegaba rápido. Lo que sí fue constante era que terminaba con
la misma expresión: "¡Qué asco!"

Alexánder Rivera Velázquez

VI

Después de aquella primera vez que lo vi, no sé si fue por masoquista, pero no pude dejar de pensar en Alejandro. Continué con mis rutinas diarias en el trabajo, así que lamentablemente siempre tenía que verlo. ¡Él era un asco! Para mí fue un tipo raro desde el primer momento. Recuerdo ese día porque me dio algo que no sabía lo que era en el estómago, pero por poco vomito unos macarrones con queso que me había regalado mi vecina, Paqui. Hubiera dejado un reguero de pasta sin digerir por el piso del cuarto porque yo acababa de comer. Estoy segura de que iban a caer hasta pedazos enteros. ¡Ay, fo! ¡Qué cerda, yo diciendo esas cosas!

Debo agregar que la segunda vez que vi a Alejandro tenía los ojos abiertos. No entendía la razón. Él seguía sin poder moverse. Pero eso de los ojos era como si estuviera durmiendo así, sin cerrarlos. ¡Qué loco! Era el tipo más extraño que jamás había visto.

Realmente me asustó un poco porque nunca me había pasado algo semejante. Vi que tenía los ojos abiertos y pensé que me iba a hablar. Nadie me adelantó que no se había recuperado por completo. ¡Uy, qué susto! En ese momento me pasó por la mente preguntarle a Carmencita si era algo normal. Ella tenía que saber, porque ya llevaba casi treinta años como enfermera y era imposible que no hubiera vivido experiencias extrañas con pacientes. En mi caso, lo que llevaba era cinco años, incluida la práctica. Bueno, volviendo a lo que estaba diciendo, cuando vi a Alejandro así, para romper el hielo lo que se me ocurrió fue saludarlo:

—Buenos días —murmuré.

—...

—¡Buenos días! —dije levantando el tono de voz—. ¿Usted se siente mejor?

—...

Miré alrededor y estaba el carrito del suero, a la bolsa le quedaba bastante líquido. Había que mantener a Alejandro hidratado. Sobre el mostrador todo estaba en su lugar, desde las gasas hasta los potes de esterilizantes al lado de uno que evidentemente era de gotas para los ojos. Lo supe por la imagen ocular que aparecía en la etiqueta. Era el pote más pequeño y estaba un poco apartado de los demás, como si fuera lo último que se utilizó con el paciente. En el otro extremo, el televisor de trece pulgadas, apagado. Sobre el tope de una mesa pequeña que había al lado de la cama, nada; nunca había notado lo sucia que estaba aquella pared que en algún momento fue color crema. Hasta el lavamanos estaba seco. Parecía que nadie había atendido al paciente desde el turno anterior. Entonces caminé en puntas poco a poco hacia él hasta que me pude acercar lo suficiente.

"Este cabrón me está ignorando o qué...", pensé.

Cuando estuve bastante cerca, moví la mano abierta de lado a lado ante su cara, pero sus ojos no reaccionaron. Suspiré y caminé un poco más tranquila alrededor de él para verlo mejor. Noté que tenía los ojos resecos. Me coloqué los guantes de goma y busqué el potecito de gotas para hidratárselos. No puedo negar que hasta tocarlo con guantes era asqueroso. Se sentía como palpar a un animal de esos que tienen escamas.

Además, tenía la piel blancuzca, pero con tonos verdes; eso le daba una apariencia repugnante. También era como si se le estuviera despegando. ¡Ni que una persona pudiera mudar la piel de esa manera!

"Este se tuvo que quemar en algún accidente o algo porque no es normal que todo el cuerpo parezca que se le quiere arrancar del hueso".

Sentí deseos de tocarlo por curiosidad, pero reaccioné de inmediato. Parecía como si fuera blandito y frío como una lagartija. ¡Suerte que reaccioné!

Cómo iba a querer tocar ese cuerpo, ¡fo! Bueno, eso pensé en un principio... Lo que me molestaba era que siempre había personas que estaban pendientes a lo que hacían los demás. Tenía que cuidarme de las lenguas venenosas de los bochincheros.

Todo me quedó claro luego de salir del cuarto 121. Sí, lo recuerdo bien. Corroboré lo que pensé de la gente bochinchera cuando fui donde las muchachas del turno.

—Niña mía, ¿dónde estabas que vienes con esa cara de asco? —preguntó Carmencita.

—Dando la ronda —contesté.

—Ay, Carmen, no te has dado cuenta que esta se pasa más tiempo del que le toca en el 121 viendo al muchacho asqueroso ese —agregó Jenny.

—Siempre te metes en lo que no te importa —dije mirando a Jenny a los ojos—. Carmencita, no le creas nada a esta bochinchera.

—A mí no me interesa nada más que no sea que ustedes estén cómodas aquí, pero siempre se pasan peleando como si se odiaran.

—Es que esta Jenny siempre se mete en mis cosas y está pendiente de todo en vez de vivir su vida —dije cruzando los brazos—. Yo no tengo la culpa de que a mí me dieran el puesto aquí primero que a ti.

—Te voy a ignorar —agregó Jenny dándome la espalda—. ¡Allá tú si te crees que esa mierda a mí me importa!

—Niñas, vamos a comportarnos para pasar un buen turno. No vengan con esas peleas tontas hoy. Por favor, vamos a tener un buen día. ¡Tienen que estar pendiente con doña Josefa que está de mal humor hoy! No quiero que vayan a tener problemas. Tengo que contarles lo que me dijo cuando llegó, pero hablamos ya mismo que tengo que ir donde el doctor Rivas. O mejor ve tú, Jenny, baja a sala de emergencias y dile al "doc" que ya los récords están listos. Penélope, quédate aquí pendiente en lo que voy al baño que estoy que exploto. Tengo que dejar de meterme tanto líquido antes de llegar al trabajo. Esta vejiga vieja ya no aguanta mucho.

—Está bien, Carmencita —dije mientras miraba seria a Jenny que estaba esperando el elevador.

Luego de ese momento ocurrió por primera vez la experiencia más increíble que viví con Alejandro. Creo que todo sucedió porque me quedé sola en el piso con los pacientes. Sentí que algo me atraía como un imán y me halaba desde su cuarto. Obviamente el 121...

—¡Alejandro! —exclamé desde el pasillo.

De inmediato pensé en él como si tuviera en mis manos su bienestar; bueno, sí, pero no tenía que preocuparme tanto por ese asco de persona. De igual manera fui directo donde él como si no importaran los demás enfermos. ¡A veces una hace tantas locuras! Yo ni diría lo que pasó, pero hay cosas que no se pueden controlar y estábamos solos. Lo primero que me vino a la mente cuando me le acerqué fue en lo que haría con un hombre con esos brazos y esos pectorales.

Ay, voy a dejarme de mierdas; la verdad es que estaba sola con él y hace mucho no hacía nada y necesitaba sentir a un hombre adentro. Claro, sin importar quién fuera. Hasta con Alejandro por más repulsivo que se veía. Yo lo que quería era sentir algo.

Eso fue lo que pasó por mi mente, pero después supe que no era una casualidad o una mera calentura. Él me atraía, pero no lo podía entender. Debajo de esa piel opaca se notaba que era un hombre guapo. ¡Cómo era factible algo así! En fin, ya no hay vuelta atrás porque lo que pasó ya no es posible detenerlo; tampoco quise que se detuviera.

Alexánder Rivera Velázquez

VII

Una sombra escrita... Eso fue lo primero que me vino a la mente. Llevaba una semana pensando en esos catorce versos. ¡Qué complicado se me hizo! Pero estuve satisfecho con el resultado; ese fue mi primer poema. Ya lo tenía pensado, palabra por palabra. No se me olvidaría nunca. Aunque nadie lo leyera o escuchara, tenía un título: "Sombra escrita". Me sentí tan orgulloso que no dejé de alimentar a la musa y, de un poema que expresaba la parte oscura de un poeta, pasé a crear un segundo soneto sin dejar de agradecer simbólicamente a mi maestro Francesco.

Esa segunda pieza poética tenía que ser distinta. Si la primera era la imagen de una sombra, la segunda tenía que mostrar la luz... el color. Por ello, no solo perseguí los colores de la inspiración, sino que también busqué en ese segundo soneto el amor de una mujer, acompañado por la pasión hacia el color que estaba exponiendo en el escrito como si revelara la Verdad.

Cuando terminé de organizar la obra en mi mente, "El color del dibujo", la cual terminaba con el mismo título y un regocijo en esa gama de colores, sentí la presencia de Penélope. Estaba observándome desde la puerta. Fue una sensación nueva para mí, como cuando alguien, sin hacer mucho más que utilizar la vista, logra que una persona sienta su presencia. ¡El ser humano es extraño! Ahí fue cuando supe cómo debió sentirse Francesco, pero creo que él se acostumbró; yo tenía que hacer lo mismo, aunque la situación no era igual. Yo sentía y siento admiración por él, fue mi maestro. Por otro lado, Penélope solo quería entregarse a la pasión carnal —eso lo comprobé después— y yo tenía que fluir durante el momento.

Era obvio que ella no quería molestarme, por eso se acercaba con pasos suaves y lentos; también podía ser por miedo. Entonces, antes de darme cuenta, ya estaba a mi lado. En ese instante creí que se sintió atraída por mí porque se quitó el guante plástico de una de las manos antes de rozar levemente la piel de uno de mis brazos. Mi respiración se aceleró; se mantuvo de manera entrecortada, aunque permanente. Creo que ella estaba en las mismas porque, después de rozar mi brazo, lo agarró y unió dos de mis dedos para luego introducirlos en su boca.

Nunca olvidaré esa primera sensación de calor y humedad que hay en el interior de los mamíferos. Luego, se sacó mis dedos de la boca y los llevó lentamente hasta esa parte de su cuerpo de la que ya no me podía percatar por mi inmovilidad, aunque ahora estoy muy claro de cuál es. ¡Oh, qué bien se sintió! De momento pensé que iba a poder moverme.

Luego, ella dejó caer abruptamente mi mano. Esforzándome lo suficiente noté que fijó la vista en mí. Más bien en una parte de mí. Era un cúmulo de sangre, pero en el interior de la piel; mi piel nueva que aún no controlaba. Creí que estaba a punto de hacerme daño.

"¿Tan malo era lo que ocurría?".

Quitó la sábana llena de algunos pedazos que se me desprendían de la piel. Una sonrisa casi imperceptible se comenzó a notar en sus labios. Ella dejó de parpadear, por lo menos me daba la impresión de ello. Al fin sentí que me tocó sin mesura. Arrancó un pedazo de piel que colgaba sobre mi órgano reproductor masculino.

Una vez limpió el pellejo, se le escapó una sonrisa. Las manos le tiritaban, pero aun así agarró mi miembro viril y se lo acercó a los labios. Ahora sé que no estaba erecto, aunque en ese momento sentía como si lo estuviera. No era evidente el porqué esa piel flácida lograba excitarla, pero así fue. Luego, lo besó y lo engulló como si fuera alimento. La sangre no era suficiente, no había ningún cambio físico en mí. Todo fue algo interno y supe que tenía el potencial, pero no pasaba de ese límite.

La tensión que me causó hizo que se me rompieran los capilares de los ojos. Era normal estar tenso, ya que pensé que podía devorarme como una serpiente e iba a comenzar por ahí; sí, en esa parte, la que se supone que guardara toda esa sangre que terminó rompiendo hasta los capilares de mis ojos; me ardían, pero no importaba.

Fue válida la confusión de pensar que me estaba devorando, ya que ella no mordía, sino que tragaba; me liberaba y volvía a tragar. Mi miembro no se sostenía y se le salía solo de la boca. Cualquiera que fuera serpiente pensaría que estaba jugando con mi sicología.

Todo era humedad y frío, pero me bajaban unas gotas de sudor, las cuales pensé en ese momento que era algún efecto del veneno que posiblemente me había inyectado. Sin embargo, yo no moría ni terminaba de perder los sentidos, tampoco ella me dejaba tranquilo. Nunca hubiera querido que se apartara.

Siguió hasta que sentí un hormigueo en el cuerpo; perdí la noción por unos segundos; las piernas me comenzaron a temblar; las esferas de mis ojos dieron un leve giro hacia arriba y terminé con algunas convulsiones ligeras, pero gratificantes.

Tuve la ilusión de controlar el cuerpo otra vez. Y eso me hizo aferrarme más a los versos que tenía en la mente. Sí, los veintiocho versos de los dos sonetos en los que pensaba: "Sombra escrita" y "El color del dibujo".

Después me di cuenta de que lo más que temía era perder la consciencia por completo y olvidarlos. Sin embargo, ocurrió lo contrario, pude expresarlos mediante las vibraciones de mi cuerpo. Estas sincronizaron las glándulas pineales de ambos. Luego, con el tiempo, supe lo que causó que vibrara como lo hice en ese momento.

Cuando culminó todo, estaba claro de que Penélope se había tragado mis palabras a través de mi piel como si fueran una semilla líquida. ¡Encontré la clave! Desde esa experiencia, ella no paraba de pensar en la poesía, en mi mensaje a través de los versos, en mis letras, en mí como el Uno... en la Verdad.

VIII

No sé qué me pasó, pero concluí que estaba loca. Salí del cuarto 121 bastante desconcertada. Iba directamente a mi casa a cocinar, aunque no paraba de pensar en ello. Me acordé de los *hot dogs* que me regaló mi vecina, Paqui, la última vez que la vi. Ella siempre ha sido tan buena conmigo. Desde que Katiria, su hija, murió en un accidente de carro hace unos años, ella siempre ha estado pendiente de mí.

Su hija y yo éramos mejores amigas. Nos criamos juntas desde muy pequeñas. A mí también me dolió mucho esa pérdida... Bueno, pues ella, la vecina, me había dado el embutido y eso mismo fue lo que decidí cocinar. Ya tenía claro todo lo que iba a hacer desde antes de salir del hospital.

Cuando ya se me había pasado la hora de salir, crucé rápido el pasillo de las habitaciones, como si huyera de un robo. No me quería encontrar con doña Josefa; esa señora metía miedo. Fui al mostrador principal del piso y agarré mi cartera. Las llaves del Malibú estaban casi por fuera de uno de los bolsillos y se me cayeron. No hice nada más que doblarme a agarrarlas y, cuando me levanté, ya estaba Carmencita a unos pasos de mí.

—Niña mía, qué tarde estás saliendo hoy.

—Sí, es que pasó el tiempo tan rápido que ni cuenta me di de la hora —contesté sin dejar de mirar hacia el suelo.

—¿Qué te pasa? ¿Te sientes mal?

—No, estoy bien. Ya me voy.

Una vez le contesté, se me volvieron a caer las llaves. Las recogí de inmediato con la mano temblorosa.

—Ay, nena; mira, si estás así por lo que te dijo Jenny hace un rato, no le hagas caso. Ustedes deberían quererse como hermanitas. Ya hablé con ella y me dijo que no te dice las cosas en serio, solo es por molestarte. Así que tú tranquila, vete a descansar.

—Sí... Pues, gracias, Carmen.

—¡Cómo que Carmen...! Dirás Carmencita —dijo ella con orgullo mientras sonreía.

Sin mediar más palabras, me fui de inmediato. Caminé lo más veloz que pude por el pasillo de salida hasta llegar al elevador. Presioné el botón para bajar en repetidas ocasiones. Cuando al fin se abrieron las puertas e iba a dar el primer paso para entrar, me detuve.

"Lo que me faltaba", pensé.

—Mira, mujer, ¿te pasa algo conmigo? —preguntó Jenny mientras salía de la cabina con otra de las muchachas.

La miré de reojo, y rápidamente pasé sin fijarme en ella hasta que entré al ascensor. Aunque chocamos hombros, evité mirarla mientras se cerraban las puertas automáticas. No sé si quería seguir con sus comentarios estúpidos y no estaba para aguantarla.

Una vez afuera del edificio comencé a correr sin razón hacia mi Malibú. Ya no quería estar allá y mientras más rápido me fuera, mejor. Llegué al carro y hasta se me olvidó que la puerta del conductor no abría por afuera. Intenté abrirla como quiera.

—¡Puñeta! ¡Esta maldita mierda!

—¡Mira...! ¡Rompe el cristal y ábrela! —gritó el guardia del estacionamiento mientras se reía.

—¡Cállate, pendejo! —dije antes de correr hasta la puerta del pasajero.

Prendí el carro y lo aceleré como si pudiera calmar mi furia con la velocidad. El guardia estaba en uno de los bordes de la acera y guie hacia él como si fuera a atropellarlo. Claro que no lo iba a hacer, pero quería darle el susto. Aunque, pensándolo bien, se lo merecía. Cuando le pasé por el lado, le saqué el dedo del corazón, claro, "con todo el amor del mundo" y él solo sonrió. ¡Qué odioso era Pablo! Ese pendejo se pasaba jodiéndome por todos los defectos de mi carro. ¡Tan feo y criticando todo siempre!

Dejando a un lado al estúpido de Pablo, tengo que decir que nunca había tardado tanto en llegar a mi casa. Iba tan lenta que las personas me tocaban bocina y me pasaban por el lado acelerando bastante fuerte sus carros como si con eso me hicieran algún daño.

No me importaba nada de lo que pasaba a mi alrededor. Yo solo trataba de pensar otra vez en el hambre que tenía, pero era imposible sacarme de la mente lo que hice con Alejandro. ¡Qué había hecho...! ¡Toqué a ese asco de ser humano! No, fue peor, lo acaricié. Pase mis manos, mi boca por esa piel cuarteada, esos pellejos grises... Tenía que estar pudriéndose... Y, aun así, me le acerqué mucho... Tanto que tuve intimidad con él. ¿Intimidad...? Creo que es mejor decir que fue un experimento social. Eso mismo, ¡fue un experimento social! Ahora está de moda excusarse con eso. No obstante, con el tiempo él me hizo toda una dama refinada, pero nadie entendería la conexión que creamos. Si lo hubiera sabido desde el principio...

Para continuar, debo agregar que cuando llegué a mi casa estuve en el carro cerca de media hora sin bajarme. Pensaba en palabras sueltas, sin sentido. Usaba un vocabulario distinto al mío. Yo no hablaba de esa forma; era como si hubiera una persona hablando en mi cerebro. Me incliné un poco hasta dejar la frente pegada al guía del Malibú durante todo ese tiempo. Asimismo, mientras más concentrada estaba, mayor era la forma, el estilo y la fluidez de esas palabras en las cuales pensaba.

El mensaje iba llegando... Ya estaba entendiendo lo que decían, lo que quería expresar, pero era un sentimiento de angustia mezclado con el placer de alcanzar un descubrimiento. Una sensación de éxtasis me invadió cuando casi llegué a descifrar el mensaje, o los mensajes.

Por ende, no importa lo mal que una se sienta o lo concentrada que una esté, el hambre siempre hace que se vuelva a la realidad. Entonces, el vacío en el estómago y el sonido de las tripas me hizo despertar del marasmo y acordarme de que tenía que cocinar.

Sin pensar más me bajé rápido del Malibú. También, me percaté de que la señora de la casa del frente, antes de bajarse de la guagua de la iglesia, me miraba fijamente. Paqui siempre decía que la ignorara porque estaba loca. Eso era lo que hacía normalmente; la ignoraba. Tampoco era la primera vez que me miraba de esa manera. La desatendí y me enfoqué en lo mío. Dejé abierta la puerta del carro y seguí mi rumbo; ni cuenta me di que de la dejé abierta; creo que era porque esa señora me ponía nerviosa. Tampoco cerré la de la casa cuando entré.

Una vez adentro, saqué de inmediato lo que necesitaba para cocinar, como si fuera por instinto. Cuento esta parte porque en ese preciso momento fue cuando me vinieron a la mente las palabras más extrañas que jamás imaginé pensar, mientras recordaba el momento íntimo con Alejandro.

Ya tenía a la mano los *hot dogs* que me dio Paqui; los metí en el microondas para descongelarlos. Mientras tanto, tenía que escribir aquellas ideas extrañas, antes de que se me olvidaran.

Cogí un papelito de anotaciones de los que pegaba en mi nevera de acero inoxidable, que de inoxidable no tenía nada porque no le cabía más moho. En el centro de la cocina, donde había una mesa pequeña, decidí escribir. Primero, sacudí unas migajas de pan que llevaban semanas sobre el tope de cristal y me preparé para expresar todo lo que estaba pensando. Eran como un despojo de palabras mágicas. Creo que nunca olvidaré esa primera línea de lo que vino a ser el poema "Sombra escrita": *Tocas el cuerpo de la soledad...*

—¡Sí, pude escribir un poema! —grité emocionada.

Luego del grito, el olor a *hot dog* me hizo recordar que estaba "cocinando". Los descongelé como por dieciséis minutos. No estaba pendiente y la emoción no ayudaba. Normal, como quiera a mí no se me daba bien eso de cocinar. Lo emocionante fue que escribí algo. Tan patéticos que me parecían los versos y esas cursilerías.

—Lopesita, ¿estás aquí? ¡Mamita!

—...

—¡Penélope...!

—Ay, Paqui, estoy aquí. Disculpa, es que estaba leyendo algo que escribí. Pero pasa; ven.

—Beba, es que vi desde casa que dejaste el carro abierto y vine a cerrártelo. Ahí me di cuenta de que también dejaste la casa abierta y me asusté. Pensé que te había pasado algo. Eso es lo que me falta, perderte a ti también como a mi nena, Katiria.

—No, fue que se me olvidó cerrar las puertas por entrar rápido. Es que estaba la señora esa del frente mirando raro como siempre. Estoy bien, pero mira lo que escribí —agregué emocionada.

Paqui tardó un poco en lo que leyó el poema. Ella en sus cincuenta y tantos años no creo que hubiera leído algo así, pero yo estaba orgullosa de mi logro. Como ya me sospechaba, me devolvió el papel al rato de observarlo; lo llegó a voltear como si pudiera leerlo mejor al revés; forzó la vista y se le marcaron notablemente las arrugas de los ojos, tanto que se veía mayor de lo que era. En ocasiones, se rascó el cráneo, separando fragmentos de su pelo rubio corto, pero planchado; ella siempre estaba al día. Casi se despeinó tratando de entender lo que estaba leyendo. Así me lo devolvió: sujetando el papel con el dedo índice y el pulgar, como si le diera asco.

—Nena, toma eso. Lo leí como tres veces y no entendí nada. ¿De verdad te sientes bien?

—Sí, Paqui... Olvídalo, solo quería que vieras lo que escribí.

—Deja eso para la gente loca que le gustan esas cosas de los libros y ponte a alimentarte bien. Me di cuenta de que te vas a comer esos *hot dogs* solos. Ya mismo te traeré un poco de arroz.

—Está bien; fue que intenté cocinar algo —contesté sonriendo.

—Voy a tener que darte unas clasecitas de cocina. Vengo ya mismo, mamita —dijo al despedirse—. ¡Cierra bien esa puerta!

Una vez se fue Paqui, caminé hasta la sala. Iba a prender el televisor, pero me recosté en mi butaca reclinable color crema claro. Bueno... Era crema, ya estaba marrón en algunas áreas, igual que el cuarto donde estaba Alejandro. ¡Esas manchas son difíciles de sacar! Creo que me quedé dormida como una hora. Desperté de momento porque Paqui estaba, como dicen, casi tumbando la puerta.

—¡Lopesita, te traje arroz con habichuelas para que comas bien! ¡Te freí también unos muslos de pollo para que no te lo comas con los *hot dogs* esos!

—¡Voy ahora! ¡Estaba durmiendo!

Cuando llegué a la puerta, cogí la comida y ella se fue rápido porque tenía que ir a acompañar a Chago, su esposo, a comprar unas cervezas. Ese señor era bien bueno. Lo quería mucho; sin embargo, le hablaba de lejos. Es cruel decirlo, pero siempre le apestaban los pies. A cualquiera que se sentara al lado de él, le llegaba el olor a queso parmesano. Eso no era nada agradable.

Bueno, después de colocar los platos sucios en el fregadero para lavarlos más tarde, me fui a acostarme un rato más. La cocina colindaba con la sala, así que crucé rápido. No hice nada más que dejarme caer otra vez en la butaca, cuando me vino a la mente la idea para un segundo poema. Pensé que sería brutal escribir dos en una sola tarde. Cogí el primero y lo leí varias veces. El título en el que pensé fue "Sombra escrita". No era experta en eso de nombrar las cosas, pero ese me pareció adecuado para el poema.

Partiendo del primer escrito, quise crear un contraste, algo que fuera lo contrario; sabía que me quedaban ideas sin expresar. Entonces, pensé en algo colorido. Fue un proceso más complejo porque me sentía agotada. Sin embargo, me esforcé hasta terminarlo. La verdad fue que valió la pena. Me gustó tanto ese segundo poema que lo titulé: "El color del dibujo". Los títulos me salieron automáticos, como si ya hubieran estado determinados. Por ello, al terminar, ya sabía cómo iba a titularlo también.

¡Qué grande fue la satisfacción de crear algo artístico! Yo que lo más cercano a eso fue cuando Katiria y yo bailamos en la escuela en algo ahí de Michael Jackson. Me creía una diva en ese momento; las niñas tienen tanta imaginación...

Aparte de eso, pude crear dos poemas. ¡Brutal! Entonces, pensé en leerle los dos a alguien que pudiera valorarlos; sin embargo, no sabía a quién. En ese momento me bajó un poco el estado de ánimo. Paqui no iba a querer seguir leyendo mis cosas. Su esposo, Chago, menos; igual, siempre estaba borracho. Por otro lado, mami lo hubiera hecho de no estar fuera del país. La realidad es que llevaba más de un mes sin saber de ella.

Cualquiera pensaría que mi padre lo haría, pero yo nunca lo conocí; quién sabe si le gustaba la poesía. Mi expareja me dejó hace cinco años y cuando me enteré de que fue por otro hombre, lo insulté. Realmente me dolió eso, aunque espero que sea feliz. Ahora no quisiera pedirle nada. En fin, Carmencita era quien me quedaba, porque Jenny era inteligente, pero la odiaba tanto... Sí, Carmencita era la mejor opción.

Alexánder Rivera Velázquez

IX

Ya podía mover los ojos. Dicen a modo de cliché que ellos son las puertas del alma, pero pienso que solo son una ventana cerrada de cristal ahumado. Es que no es sencillo ver a través de los ojos, pero es posible. Lo imposible es cruzar a través de ellos, obviamente de manera simbólica. Por ende, no son una entrada para que las personas accedan. Solo sirven para que los demás miren desde afuera y especulen sobre lo que puede ser un ente en su interior. Por eso digo que son una ventana en la que se puede percibir una ínfima parte de la persona, pero desde el exterior, nunca desde adentro. Por ello, no hay plenitud al conocer a alguien; da mucho trabajo descifrar a una persona por completo, de ser el caso.

Eso sí, existe una puerta. No es necesario extenderse en ello, pero solo mencionaré que Penélope la encontró en mí cuando provocó el primer encuentro carnal. Más bien la puerta estaba en ella, yo solo era la llave.

No era un gran avance lo de la movilidad que tuve en los ojos en aquel momento, aunque para mí fue un gran paso. Tengo que decir que me sorprendió notar al señor del sombrero justo al lado de mi cama. El mismo hombre que me levantó cuando me apropié del cuerpo de Alejandro. Jamás olvidaría su rostro. Junto a él, lo acompañaba la señora pequeña de pelo rojo.

—Por lo menos ya mueve algo —dijo el hombre.

—Sí —contestó la señora mientras se secaba las lágrimas.

—Verás que se levantará pronto.

—Será... —murmuró ella.

—Claro que sí, ya verás —afirmó—. Lo que no entiendo es qué le pasó. Él salió de lo más bien de casa. Dijo que iba a hacernos una compra pequeña de alimentos y lo encontramos en el piso cuando íbamos de camino a la iglesia... Todo cambiado y moviéndose extrañamente, como si algo le doliera. Todavía no lo creo.

—Es verdad —agregó ella mientras se secaba las lágrimas—. Suerte que me hiciste caso y salimos para el culto, aunque estuviera lloviendo. Algo me decía que saliéramos.

—¿Qué será lo que tiene? De todos los días que hemos venido, creo que es la primera vez que se da cuenta de nuestra visita. ¡Qué bueno que por lo menos ya mueve los ojos!

—Señores, vengan un momentito —dijo la enfermera Carmen al entrar al cuarto.

—Díganos —agregó el hombre con la respiración entrecortada.

—Su nieto está progresando lentamente y no parece que se le va a complicar la condición; no vemos un retroceso. Eso es positivo.

—Pero, ¿cuál es su condición? Quisiera saber... Saben que él es nuestro único nieto, pero lo criamos como un hijo y estamos al tanto de todo. Él nunca padeció de nada, ni cuando era pequeño ni ahora de adulto joven.

—Se supone que el doctor hablará con ustedes.

—¿Pero usted no sabe nada? —preguntó la mujer con ímpetu.

—Bueno... Sí, señora, pero...

—Continúe... —agregó el hombre.

—Bueno, no le digan nada al doctor, pero la verdad es que no se sabe con exactitud lo que tiene. Primero se pensó que era urticaria; sin embargo, el color con tonos verdes y marrones hizo que descartáramos dicha condición; además, no ha presentado todos los síntomas. Tampoco se supone que estuviera inconsciente. Por eso también se descartó que fuera psoriasis. En fin, parece que es una parálisis corporal. El doctor lo que quiere es saber qué la provocó.

—No entiendo —dijo él—. Si Alejandro no se quejó de nada antes de salir de la casita de nosotros —agregó mientras la mujer asintió con la cabeza de manera afirmativa.

—Bueno, señores, no sé nada más. Los tendré al tanto de lo que sepa. Por ahora, vayan a hablar con el doctor que él los está esperando en su oficina para dialogar más a fondo sobre el asunto. Ahora viene una de las muchachas a atender a Alejandro.

—¿La nena bajita? —preguntó el señor.

—Hay varias que son así —dijo Carmen sonriendo—. Viene Penélope, que es la del pelo lacio bien negro. Ella es una de mis nenas; es una chulería.

—Oh, ya sé cuál es. Esa misma digo, es que la he visto. Se nota que es una muchachita muy linda.

—Lo es... Vengan por aquí.

Estuve atento a todo. Entonces me di cuenta de que esas personas eran los abuelos del dueño original del cuerpo. Hubiera sido interesante saber un poco más; no obstante, dejé de pensar en ello cuando vi a Penélope mirándome desde el marco de la puerta. No sé si era mi enfoque en lo que ocurrió con los abuelos o si es que era cada vez más sigilosa, pero no la sentí llegar.

Ella no imaginaba la felicidad que me causaba verla. Era obvio que sintió lo mismo porque en su mirada se podía notar un color gris deslumbrante, el cual opacó la repugnancia que en algún momento percibí cuando se acercaba lo suficiente como para captar que así era. Todo lo contrario, escuché claramente cuando me dijo que le alegraba que ya pudiera mover los ojos. Así me percaté que los suyos no solo eran brillantes, sino que me recordaban a una mujer a la cual salvé en el pasado; la misma que esperaba siempre y solo percibía su aroma junto al de la naturaleza.

Para no continuar desviándome debo agregar que, según Penélope, "mi abuelo" la saludó apretándole ambas manos entre las suyas, como quien busca el consuelo en alguien. Parece que se cruzaron en el pasillo. Supe de inmediato que hablaba del hombre que hacía unos minutos reclamaba saber los detalles de mi condición. Sumado a esto, me habló de un tal Pablo que la molestaba en el estacionamiento. Dijo que hoy le comentó algo de su carro, un 'Maalabú', o algo así; pero ella no le hizo caso porque tenía que ver a un paciente especial. La verdad no entendí casi nada; sin embargo, me hizo sentir bien saber que ella pensaba así de mí, como alguien único.

Cuando estuvo cerca, me percaté que de su bolsillo sobresalían uno papeles; no como los que usaba mi amigo Francesco para escribir, sino menos amarillentos. Por lo poco que pude ver en un principio, noté que eran blancos y hasta con líneas azules. Claro, no tenía la habilidad de preguntarle qué era eso que tenía ahí, pero igual me llamó la atención. ¡Qué bueno era ya tener un rango mayor de visión! Aunque todavía no me adaptaba por completo a la forma de ver de los humanos. Era algo más restrictivo; no podía percibir su calor corporal, sino que la vista humana es muy superficial. Estaba claro que iba a ser un reto eso de mostrarles a las personas lo que ellos no pueden ver, la Verdad.

Penélope sería mi ayuda para ello y ya sabía cómo... Ese día ella siguió hablando de sus situaciones y yo solo quería que volviera a pasar lo que ocurrió la otra vez como momento íntimo entre nosotros. Obviamente, eso fue algo esporádico y no era tan sencillo que ocurriera con frecuencia, pero qué iba a saber yo. Tanta fue mi desesperación para que sucediera otra vez y ella me tocara que comencé a respirar más fuerte de lo común. Inhalaba dos segundos y exhalaba tres, como si sintiera que el oxígeno llegaba con dificultad a mis pulmones.

De inmediato, Penélope me colocó una mascarilla de oxígeno. Estaqué los ojos como para decirle con la mirada que no era necesario. Hay que destacar que siempre fue muy hábil en su trabajo... Bueno, según lo que pude percibir. Luego de colocarme la mascarilla, observó el monitor del ritmo cardiaco. Todo estaba en orden. Ella no entendía por qué de la nada comencé a respirar así.

Llamó a la señora Carmen para que también interviniera con la situación.

—¡Carmesita, verifica a Alejandro! No sé qué le pasó, pero parece que se quedó sin aire. Estaba respirando bien profundo —dijo desesperada, mientras se secaba los ojos.

—Parece que todo está bien. Pudo haber sido una reacción al antibiótico. El doctor pidió que le diéramos un tratamiento de eso hoy. Tiene que estar diciéndoselo a los abuelos de él que están aquí. Y, ¿qué te pasa? ¿Estás llorando por eso? Nena, no te desesperes, no sé por qué te preocupas tanto por este.

—No es eso, es que no me gustaría que nada malo le pasara a Alejandro.

—Cómo que nada malo; antes lo despreciabas y ahora lloras por él. Eso es raro, nena.

—No... Digo, nada malo a él, ni a ninguno de los demás pacientes. Estoy aprendiendo a encariñarme con ellos. Eso es...

—Bueno... Me alegra que al fin hayas entendido lo importante que deben ser casi todos nuestros pacientes para nosotras —dijo Carmen mientras sobaba el hombro de Penélope—. Te dejo que voy a ver si alcanzo a escuchar lo último que les dice el doctor a los abuelos. Por cierto, el señor dijo que eres muy linda. No se equivoca, nena. Te contaré ya mismo lo que digan.

—Dile al señor que gracias por pensar así de mí. Ah, y dile al doctor que no pasaba nada con el paciente.

—Él pensó que no era con un paciente, por eso ni vino. Ya no te hace caso. Espero que eso no ocurra si sucediera una situación real. Bueno, te dejo, nena, que me pierdo la conversación. Hablaremos ya mismo.

—Gracias, Carmencita.

Continué respirando con normalidad. No sabía que iba a causar tanto revuelo con solo intentar llamar la atención de Penélope. Realmente no hacía falta utilizar las pocas facultades que tenía a mi alcance porque ella sola se acercó para atenderme. No como esperaba en ese momento, pero sí fue de una manera muy interesante. Pudiera decir que hasta inesperada.

Cuando la señora Carmen regresó con el doctor, ella, Penélope, se quedó sola conmigo. Entonces sacó los papeles que tenía en el bolsillo del uniforme.

—Ay, con la desesperación no le leí a Carmencita lo que escribí ayer en la tarde —pronunció hablando sola—. Ella que es mi única opción.

Luego, se me acercó y me dijo:

—¿Te gustaría escuchar lo que escribí ayer?

—...

—Sé que no puedes contestar, pero tomaré el brillo en tus ojos como un sí.

No podía creer lo que estaba escuchando. Era exactamente lo que había creado hacía unas semanas, o quién sabe cuánto tiempo. Me leyó dos poemas que eran parte de mi creación y estaban escritos sin que yo tuviera que hacerlo. ¡Dos de mis poemas en el plano concreto! Sentí un impulso enorme de levantarme y abrazarla. Lamenté que eso no estuviera a mi alcance, pero era indescriptible la felicidad que sentía.

No pasó mucho tiempo para darme cuenta de cómo logré que ocurriera algo tan perfecto. Lo supe casi al instante, era obvio que le transferí las capacidades con las que estoy dotado al cuerpo de Alejandro. Con ello era capaz de hacer cosas que alguien normal, como un simple ser humano, no podía. También le podía transferir lo que había en mi mente a las personas que creaban algún tipo de complicidad conmigo.

Desde ese momento supe que, por esa simbiosis, el cuerpo portado no funcionó de manera efectiva desde un principio. Mis genes de serpiente, con su instinto natural, se impusieron al del hombre. Claro, las personas son débiles y se tardan en asimilar las células fundamentales del planeta, como de las que estoy formado en mi estado original. Ellos (las personas) son un invento fracasado. Me apena que sea así porque tenían un gran potencial. Están solos y simbólicamente ciegos.

Solo me hacía falta esperar, ya que mi composición orgánica no le haría daño a Alejandro. Sin embargo, él quedaría en un limbo mientras yo portara su cuerpo. Además, ya estaba claro que podía hacer trascender algunos de mis instintos naturales —por lo menos los que me fueran posibles— al cuerpo humano.

Penélope bajó una de las barandas de la cama. Se sentó y me dijo que los papelitos originales los había dejado en su casa. Agregó que escribió esas copias para leerle los poemas a la señora Carmen, pero no le parecía mal que yo fuera el primero en escuchar ambos escritos. Agregó que se sentía feliz de que alguien la atendiera. En ese momento fue cuando me enteré que ella estaba muy sola. Me contó hasta los detalles de su familia.

Fue muy triste cuando se limpió las lágrimas que se le deslizaron hasta la barbilla. Tanto fue su desconsuelo que me agarró una mano y la apretó tan fuerte entre las suyas que, de poder gritar, me hubiera sacado un aullido. Me dijo que de cierta manera le parecía que ambos estábamos desamparados, aunque entendía que en mi caso no lo era tanto porque tenía a mis abuelos. La realidad es que no sabía quiénes eran esos señores. Entonces sí, estaba tan solo como ella; creo que más... Pero no quiero entrar en el tema de mi "destierro".

Sin soltarme por completo, comenzó a respirar tan profundo como yo lo hice un rato antes. Por lo que pude notar, quería apartarse, pero no lo hacía. Fue como si una fuerza mayor la controlara. Luego empezó a reír sin razón aparente. Trataba de aguantar la risa, pero se le escapaba como un silbido entre los labios. Liberó una de sus manos para taparse la boca. Como quiera era inevitable escuchar sus carcajadas ahogadas por la fuerza de voluntad.

Además del cambio de ánimo y de su aparente felicidad sin control, estaba muy ruborizada. No puedo negar lo incomprensible que me pareció el momento. Primero ella lloraba por la soledad; luego, sin razón explicable, parecía muy feliz y trataba de controlar la evidencia de ello aguantando la risa. Sin embargo, más adelante entendí que hay personas que reaccionan así cuando notan que quien está delante libera en ellos algunos neurotransmisores, principalmente las oxitocinas. Son interesantes esas hormonas que tienen que ver con la atracción entre los humanos. En mi estado natural, jamás iba a saber lo que era eso y, mucho menos, sus efectos antes del apareamiento de las personas. Además, ella comenzó a sudar tanto que humedeció mi mano con la suya. También me percaté de que tenía las pupilas algo dilatadas.

Luego empezó a vibrar. Se sentía como si su pulso encendiera el motor de una máquina poderosa. Así, entre vibraciones constantes, estaba a su merced. Pero yo me hubiera dejado llevar hasta donde quisiera. Penélope se convirtió en mi núcleo; comencé a sentir una presión inexplicable en el abdomen; me apretó la mano un poco más; pasó a ser mi dueña... Más bien, fui yo quien me sentí como de su propiedad.

De repente me soltó de manera abrupta. Se levantó y me dio un beso en la frente; luego, sonrió sin despegar los labios. Me pareció que fue con ternura. Acomodó la baranda en su lugar y caminó lentamente hacia la puerta. Dijo casi murmurando que quería conocer mejor a mis abuelos y me obsequió la sonrisa más hermosa que debe existir. Los hoyuelos que se le formaron cerca de la comisura de la boca eran el hogar en el que hubiera querido habitar siempre. No fue tímida como en la primera ocasión que sonrió; además, pude verle casi toda la dentadura.

Un calor sin explicación me recorrió desde los pies hasta el rostro. Aparecieron unas gotas de sudor entre las ranuras de mi piel cuarteada. Ella se despidió momentáneamente con un número y unos títulos.

—¡Cinco! Ese me parece un número bello; es mi favorito. Mi reto ahora será escribir cinco poemas más —dijo sin parar de presumir sus hoyuelos—. Quiero que seas tú quien los escuche... "El idioma de un sueño", "Duelo", "Lo que es eterno", "La mitad de una piel" y "El cúmulo de la osadía".

Cuando mencionó el último título, se mantuvo seria y sin moverse unos segundos, como si no tuviera tan claro poder cumplir con ese reto que se había impuesto.

—¿El cúmulo de qué...? —preguntó la señora Carmen que evidentemente venía muy cerca por el pasillo y logró escucharla.

—No sé de qué hablas —contestó Penélope al instante.

—Viste, Carmencita, está loca sí —agrego la enfermera Jenny.

La señora Carmen se quedó detenida unos segundos junto a Jenny, cerca de la puerta. Penélope se fue rápido, como si no hablaran con ella. Hubiera querido seguirla para decirle lo que estaba sintiendo, pero solo podía quedarme allí tirado, en el cuarto, casi inmóvil.

Alexánder Rivera Velázquez

X

O dio tanto cuando la gente interrumpe la privacidad de los demás. No podía estar tranquila con Alejandro a solas porque la metida de Jenny siempre aparecía de la nada a interrumpirme. Entraba haciendo un escándalo. Es obvio que lo hacía por verme molesta. ¡Siempre la odié tanto! Esa vez que llegó con Carmencita por poco se me olvidan los títulos de los poemas nuevos que iba a escribir. Eran cinco y los quería en el mismo orden que se los mencioné a Alejandro.

Carmencita y Jenny se quedaron en el cuarto 121, mientras yo salí rápido. Lo primero que encontré fue un papel nuevo de los de récords médicos. Escribí los títulos en la parte de atrás para que no se me olvidaran. Después, lo guardé junto a los de argolla que llevé ese día con los primeros dos poemas.

Jenny dejó a Carmencita y vino donde mí a joderme como siempre.

—Cada vez estás peor, mujer.

—Déjame quieta, Jenny.

—Estás loca; te pusiste a hablar con el paciente como si supiera lo que le dices —comentó riéndose.

—¡Te dije que me dejes quieta!

—¿Qué vas a hacer si no?

—...

—¿Sabías que tu horario será solo mío dentro de poco?

—¿Qué dijiste? —pregunté a sabiendas de las intenciones de ella.

—Nada...

—Yo sé qué es lo que estás buscando. No sabes con quién te metes. ¡Deja de estar jodiendo conmigo! Mira, sácate de la mente eso de querer ser como yo.

—No quiero ser como tú. Ya soy mejor enfermera. Total, ahora la preferida de Carmencita soy yo.

—No puedo creer que seas tan ignorante; eres tan esbirra y carcunda.

—¿Qué...? —preguntó con sobresalto y arrugando la cara.

—¡Eso que escuchaste! —dije alzando el tono de voz.

Me fui rápido, antes de que me volviera a preguntar, porque no sabía el significado de lo que le había dicho, pero me salieron esas palabras sin pensarlo. Me parecieron insultos, así que me sentí segura al pronunciarlos.

Antes de completar la última ronda en el trabajo, que era lo que me faltaba para salir, escribí las dos palabras esas (esbirra y carcunda) en el mismo papel de los títulos nuevos.

Me reí mucho cuando llegué a mi casa porque lo primero que hice fue buscar las definiciones. Pensé que quizás las había escuchado en alguna telenovela y de forma inconsciente las guardé en la memoria. Pero ahora sé que Alejandro siempre fue increíble, me hizo decirle a Jenny que era una interesada y una rancia anticuada. Bueno, luego supe que lo dije gracias a él.

En fin, hice lo que me propuse; escribí los cinco poemas como si ya fuera una experta en eso de la poesía. Hasta la discusión con Jenny se me olvidó. Normalmente, siempre llegaba molesta a casa por culpa de ella o de Pablo. De hecho, ese día trabajó otro guardia que nunca había visto. Eso me alegró mucho. No tuve que aguantar al imbécil que me molestaba cada vez que me veía. Además, tenía cosas más importantes que hacerle caso a cualquiera de esos dos, aunque la peor era Jenny. ¡Envidiosa, se ponía a joderme por estupideces!

Alexánder Rivera Velázquez

XI

Me quedé con las ganas de ir tras ella. Creo que ese impulso de seguirla fue tan grande que logró que obtuviera una sensación nueva. Lo menciono porque por ello fue que me comenzó un cosquilleo en los brazos. Se sintió como si una colonia de hormigas se hubiera internado bajo mi piel. Era imposible no percatarse de las irreales patitas de insectos pisando con la sincronización de una marcha de soldados. Claro, ahora sé que era la circulación ajustándose a lo que sería la movilidad de mis brazos.

Cuando un hecho comienza a ser habitual, pierde el atractivo que contiene algo nuevo y, de una manera simple, se hace parte de la costumbre. Por ende, comenzar a mover mis brazos fue algo extraordinario, aunque para los demás sea algo casi imperceptible como parpadear, respirar o sentir el músculo activo de su corazón.

Con eso de apoderarme del movimiento de mis brazos, comenzó el cambio sustancial para lograr levantarme de la cama y cumplir la misión de revelarle la Verdad a los seres humanos. Lo bueno de los reptiles es que somos pacientes. Sin embargo, me estaba volviendo humano. Eso me preocupaba mucho. Así que empecé a disfrutar del momento de transición, mientras mantenía la serenidad de mi esencia.

Cuando Penélope salió casi huyendo, después de pronunciarme los cinco títulos que le trasmití, se quedó Carmen en el cuarto. La esbirra de la enfermera Jenny entró con ella, pero se fue rápido. La señora cambió la bolsa del antibiótico que me estuvieron inyectando esos días. Cuando iba el doctor Rivas decía que ese medicamento me estaba ayudando bastante. Agregaba que gracias a ello pude mover los ojos. Después pensó que los antibióticos también fueron la razón por la que tuve movilidad en los brazos.

Todavía no entiendo por qué las personas de esta época son tan ilusas y superficiales. Francesco no era así; él siempre tenía una explicación profunda para todo, hasta para las lágrimas con las que mojaba su pluma:

Pero si no lo ayudas, si lo espantaras en su exilio infeliz, pues, no sabría estar solo, ni acudir si otra lo llama...

Por mi parte, poco a poco fui entendiéndolos a todos. De igual manera sabía que mi misión no iba a ser una tarea sencilla. Sin embargo, por un lado, ya estaba controlando los movimientos esenciales. Desde ese momento supe que el cuerpo de Alejandro iba a ser mío, mientras lo necesitara; además, contaba con Penélope. Inicialmente no entendía por qué ni cómo, pero sabía que teníamos algo que nos atraía.

Cada vez se hizo más evidente, ya que con ella sentía paz; pero con Jenny, el doctor Rivas o Carmen solo se creaba un ambiente tenso. Por ejemplo, con la señora pasaba casi siempre lo mismo. Me decía que me iba a administrar esto o aquello sin extenderse mucho con las palabras; ella no sabía si las escuchaba o no. Es más, creo que pensaba que no la oía y por eso pronunciaba algunas cosas como hablando sola.

Cuando ella trabajaba directamente conmigo hacía diferentes gestos. Si tenía que tocarme, cerraba los ojos y hasta cambiaba la cara, como si con lo primero no hubiera sido suficiente para no establecer contacto visual. Si dejaba alguna mano libre, se tapaba la nariz. A veces también se cubría la boca como para contener el vómito. No estoy seguro si de verdad sentía las arcadas o se las imaginaba.

—¿Cómo alguien puede verse así? —se preguntaba—. Parece un lagartijo pelándose.

Casi siempre tenía una conversación completa con ella misma sobre mi apariencia.

—A veces me da pena contigo. Debiste ser un muchachito bien guapo. Aquí dicen que es una enfermedad de la piel, pero pienso que fueron las drogas. Eso es lo que los jóvenes se meten ahora y terminan así. ¿Qué te habrás metido tú? Tus abuelos dijeron que vienes de una familia cristiana, pero una nunca sabe. Por eso trato de cuidar a mis nenas aquí y las aconsejo, ya que los dos hijos míos se fueron del país, y que cogiendo un respiro de mí. Llevan más de diez años afuera, pero sé que me extrañarán algún día y virarán de rodillas para que los acoja otra vez. Bueno, la nena, que es la mayor, lleva más. Como hace quince que se fue. El varón es el que lleva diez. Pero tú, si logras levantarte de esa cama, trata de dejar de meterte esas cosas. Tus abuelos son los que sufren. Las drogas no son buenas. Si te contara las cosas que ha dicho mi pastor sobre esos vicios, dejarías esas malas mañas. Ay, el pastor Ricardo... Ese sí que es guapo. Si no estuviera casado con esa arpía de Dolores, me lo echaría al cuerpo. Yo sé que le gusta esta gordita; he visto cómo me mira cuando la esposa se va en la guagua de la iglesia para llevar a los hermanos a sus casas. Pero nada, me gustaría que vieras lo asqueroso que luces para que tuvieras conciencia. El pastor también te debería ver. Es más, te voy a sacar una foto para enseñarte a ti mismo cuando tengas consciencia y veas cómo estuviste ahí tirado con esa piel que parecía podrida. También se la dejaré ver al pastor. Así aprovecho y tengo una excusa para hablarle a solas. Además, sería bueno que tú vieras también cómo pusiste esa cama, llena de cantos de piel desprendida. Parece que han pelado un animal ahí encima y dejaron las escamas. En fin, lo más importante en este momento es que el pastor te vea. Estoy segura de que el doctor no logrará mucho contigo.

La señora tomó su teléfono celular para retratarme. Como en ese momento no sabía lo que iba a hacer y desconocía ese artefacto, mi primer impulso fue el de taparme de la luz que se encendió en el celular. Claro, levanté el brazo más próximo para tapar con la mano cualquier cosa que me fuera a lanzar.

Carmen notó mi movimiento y dejó caer el teléfono luego del resplandor, mientras soltaba un grito. No le presté atención a ello, sino que llevé frente a mis ojos la misma mano que moví ante el destello. Ella estaba histérica y yo, tranquilo. También desplacé el otro brazo para poder inspeccionar ambas manos a la vez.

Las volteé como quien busca encontrar detalles nuevos en una obra magnífica. Me fijé en las uñas largas llenas de mugre, en los pelos al dorso de la mano, en unos símbolos que parecían dibujos hechos en tinta bajo la piel de las muñecas. El color no se notaba tanto, ya que la piel cuarteada no dejaba claros los detalles. Esa tinta era una que transmitía un dolor profundo a quien tuviera la capacidad de percepción nata de los seres vivos.

Dicho sufrimiento, aunque simbólico, casi se escapaba a través de las ranuras de lo que era mi carne rota. Lo primero que hice fue pensar en Alejandro y en lo que sería de mí como portador de ese desconsuelo. Poco duró mi introspección porque la señora Carmen siguió con sus gritos alterados que se intensificaron al ver la foto.

—¡Ay, este me quería atacar! ¡Es un diablo!

—¿Cómo que atacarte? —-preguntó Jenny asfixiada por lo que tuvo que correr hasta el cuarto.

—Sí, este esperpento del demonio intentó hacerme daño —dijo tartamudeando—. Ese tipo es más raro de lo que pensé. Tiene que tener una malicia; a este solo lo salvará el Señor.

—¿Por qué dices eso?

—Deja que veas cómo salió en una foto que le saqué.

—¿Una foto? ¿Para qué?

—Nena, era para enseñárselo a Ricardo, mi pastor. Es el único que puede curar a este; ahora sí estoy segura de eso.

—Carmencita, el doctor no te dejará hacer eso. Pero todavía no entiendo cómo él salió en una foto de tal manera que te asustara tanto. Cansada debes estar de ver lo asqueroso que luce.

—Si quieres mírala; está en mi teléfono; se le astilló un poco la pantalla cuando se me cayó, pero se nota. No me la borres; tendré que enseñársela al pastor.

No entendía lo que estaba sucediendo. Según esa señora, yo mostraba una apariencia terrorífica en esa foto. Además, no sabía lo que eran las cámaras y la tecnología. Eso despertó la curiosidad en mí. Cuando entró Jenny dejé de observar al instante lo magníficas que eran mis manos. Me quedé hermético como antes. Entonces solo estuve atento a lo que hablaban para enterarme bien de lo que estaba ocurriendo.

—¿Qué sucede aquí? —preguntó el doctor Rivas que llegó junto a Penélope.

—Nada, doctor —contestó la señora Carmen, mientras guardó rápido su teléfono en uno de los bolsillos del uniforme.

—¿Cómo...?

—¿Le pasó algo a Alejandro? —preguntó Penélope interrumpiendo al doctor.

—¿Cómo que nada? Contéstenle a la niña —agregó el médico refiriéndose a Penélope—. Ustedes me van a volver loco. Por todo forman una gritería. ¿Le ocurrió algo al paciente?

—No, doctor —contestó Jenny—. No tiene nada —agregó luego de mirar mal a Penélope.

—Pues, no entiendo la razón del alboroto. Carmen, usted está mayor como para participar de eso. Ahora no pueden decir que es culpa de Penélope. Yo estoy viejo ya para atender todas sus "emergencias" momentáneas e infundadas. Lo que me queda es un año para retirarme y ustedes me van a matar antes con sus tonterías.

—Discúlpeme, doctor; fue que me exalté; no volverá a ocurrir —dijo Carmen mucho más tranquila.

—¡Eso espero! —exclamó el doctor, mientras salía del cuarto.

En esos momentos Penélope se iba con él, pero Jenny la agarró por la manga del uniforme.

—Eres una lambona; ahora te pones a darle quejas al doctor —dijo bastante alterada—. Viste, Carmencita, esta lo que quiere es jodernos.

—No pensé que fueras capaz de hacernos algo así —musitó Carmen con tristeza, mientras inspeccionaba la pantalla rota de su teléfono.

—Yo no dije nada; estaba con el doctor porque me llamó para contarme algo de los abuelos de Alejandro y, en ese momento, escuchamos a Carmencita gritando y vinimos. Creo que es lo normal.

—Oh, bueno; te creo, nena.

—Normal... Normal sería que estuvieras de nuestra parte. Ahora mismo Carmencita pasó un susto con el asqueroso este y tú con tus "lambonerías".

—¿Un susto...?

—Sí —interrumpió Carmen—. No sabes lo que salió en la foto que le saqué a este esperpento.

—Carmencita, no le digas nada a la chota esta que se lo cuenta al doctor.

—¡Cállate ya, Jenny! —gritó Penélope—. ¿Le sacaste una foto a Alejandro? ¿Para qué? —preguntó a la señora Carmen.

—Sí, nena; pero no quiero volver a verla. Hasta se me astilló la pantalla del celular cuando se me cayó por el susto.

—No entiendo para qué le sacaste una foto... Pero, ¿cómo salió? —preguntó con evidente curiosidad.

—No sé; a mí no me mires —dijo Jenny—. Ni la he visto. Preferí ayudar a Carmencita a calmarse antes de que nos trajeras al doctor.

—Si algún día dejaras de ser tan imbécil... ¿Dónde está el teléfono con el que sacaron la foto?

—Ni idea...

—Lo tengo aquí —contestó Carmen—. Jenny, deja de molestarla. Toma, nena. —agregó mientras le daba el teléfono a Penélope con la mano temblorosa.

Estuve atento todo el tiempo. No se me hizo fácil descifrar sus gestos. Primero, buscó la foto en el celular y fue claro cuando la encontró. Parecía sorprendida o asustada, podía ser que ambas. Casi tira el teléfono, pero prefirió contrastar la imagen conmigo. Yo la miraba sin parpadear; ella observaba la pantalla y confirmaba que fuera yo, comparando la imagen con la realidad. Lo hizo en más de una ocasión, pero yo no entendía. Creo que fue la primera vez en que sentí lo que era estar nervioso.

Estaba tan desconcertada que salió rápido del cuarto, así que le lanzó el celular a su dueña antes de irse. La señora Carmen hizo malabares para poder agarrar el teléfono. Cuando lo tuvo seguro, salió tras Penélope. En el cuarto solo quedó Jenny conmigo.

—¡Miren, no me dejen aquí! ¡Ahora quiero ver la foto!

Antes de salir tras Carmen, se volteó y me dijo con el mayor de los desprecios:

—¡Eres un asco!

Ese menosprecio ya era bastante normal. Después de escuchar que era un "asco" para Jenny, pensé un rato en lo descuidados que son los humanos. Todos hablaban en el cuarto 121, el mío, y nadie imaginó que podía escuchar cada palabra. La verdad, dejé de pensar en eso y me quedé observando mis manos cuarteadas. Trataba de entender los dibujos de las muñecas marcados con tinta. Creo que hasta sonreí porque sabía que quedarían perfectas, al igual que el cuerpo entero, claro, cuando terminara de mudar nuevamente la piel.

Alexánder Rivera Velázquez

XII

A lejandro estaba brutal; no dejaba de sorprenderme. Él pasó de llamar mi atención a través del gusto y el tacto, como cuando tuvimos el primer encuentro íntimo, hasta llegar a mí a través del sentido de la vista. Lo más increíble es que lo logró con una simple foto "accidental". Pero cómo explicar lo que sentí después de salir del hospital ese día... La realidad es que fue un proceso.

Cuando bajé al estacionamiento escuchaba a la gente hablar a lo lejos. Era un murmullo distante que no interrumpía mi concentración. Estaba enfocada en lo que iba a hacer con el tumulto de sensaciones que se me querían salir hasta por las uñas.

Distinguía los detalles de las voces a lo lejos y el viento decodificándose como palabras en mi oído. Además, escuchaba con claridad el encender de los motores de varios vehículos mientras el guardia me gritaba las mismas estupideces de siempre.

Él tenía justo al lado a su compañero nuevo, el cual había visto por primera vez unos días antes. Pablo le daba con el codo al otro para que escuchara lo que me diría; se reía y me gritaba. Total, cada vez le prestaba menos atención. Llegué a contarle a Paqui sobre las cosas que me decía y ella me comentó que estaba enamorado de mí. Tenía razón...

Ese día llegué tarde a mi casa porque sabía que al estar sola no iba a dejar de pensar en la imagen de Alejandro. Decidí ir a un restaurante de comida rápida y me quedé un rato después de dejar la mitad de la comida para despejar un poco la mente. Un muchacho, que limpiaba las mesas, me regaló un postre. Colocó la pequeña tarta de chocolate de una forma tan sutil que casi ni me di cuenta.

Yo estaba observando cómo un pajarito comía restos de comida en el estacionamiento y di un salto cuando sentí a alguien cerca. Así descubrí que frente a mí tenía el postre. El muchacho me sonrió por algunos segundos. De la impresión, le devolví la sonrisa; pero cambié rápido la mirada. Parece que le daba pena verme allí sin hablar, ni moverme; mirando hacia un punto estático sin motivo. Pienso que intentó coquetearme, pero no le presté atención. Quién sabe si era guapo... Creo que sí lo era.

Recuerdo que la gerente encargada lo regañó frente a todo el mundo por regalarme la tartita. No me atrevía ni a mirar por la vergüenza. Luego, lo pagué como quiera antes de irme. Escuché al muchacho cuando trató de convencerme de que no lo pagara y explicarme sus razones, pero le dije sin voltearme que tenía prisa y salí rápido.

Luego, ya en casa, y sin quitarme el uniforme, me dejé caer en la butaca de la sala como siempre. Cuando me estaba quedando profundamente dormida, tuve la sensación esa que una siente que se va a caer. Así desperté de golpe y me senté como por un minuto. No había pasado mucho tiempo, pero sentí como si hubiera dormido una hora. Se me hacía raro que Paqui no hubiera ido a "tumbarme" la puerta. A veces no me dejaba ni bajar del carro cuando ya estaba recibiéndome. No sé qué me hubiera hecho sin ella.

Fui a la ventana para revisar si la veía por allí. Inclinándome un poco, noté que la puerta del frente de su casa estaba cerrada. Tampoco vi a Chago en la hamaca del balcón. Siempre que estaba en la casa, se acostaba en ella mientras escuchaba música bailable en su radio viejo. No hacía nada más que matar el tiempo meciéndose allí. Yo siempre le criticaba aquella hamaca. Era un pedazo de trapo percudido y gris que parecía haber perdido el color sobre la piel de él. Nunca vi a nadie más acostarse en dicha asquerosidad.

Desde la ventana, noté que había mucho viento, pero, a la vez, todo estaba bastante silencioso para la hora que era. No se escuchaban los niños que siempre correteaban en las tardes, ni los carros con exceso de velocidad que pasaban esquivándolos. Tampoco sonaba la música clásica de los vecinos de atrás, ni las peleas matrimoniales de los del lado contrario de la casa de Paqui. Solo resaltaba el zumbido del viento que casi arrancaba la hamaca de Chago de las sogas que la sujetaban. Pegué la cara a las hojas de la ventana para ver mejor. De repente, se alzaron mis cortinas con violencia y me cubrieron la cara. Hasta lamí sin querer la tela mientras forcejeaba con ellas. Lo peor fue que el polvero que cayó me hizo estornudar varias veces.

Luego, cuando me limpiaba la nariz, vi algo increíble. El pino de la casa del frente de la de Paqui estaba serpenteando como si el aire fuera un titiritero de la naturaleza. El viento movía ese árbol como si fuera un juguete. Ante ese espectáculo, volví a pensar en la imagen de Alejandro.

El brazo que él levantó ante Carmencita aparentaba no tener hueso o, de alguna manera, se le hizo flexible, con la forma de la letra 'ese' o la 'zeta'. No solo eso, también se veía más verde de lo que ya estaba. Más llamativo porque iba desde un tono oscuro, pero con tonalidades más pálidas hasta el hombro. Luego, en el cuerpo, todo parecía normal, la piel seca, opaca y desprendida como siempre.

La parte más oscura, la mano, no tenía dedos en la imagen. Recuerdo que era una boca abierta con dos colmillos. Sobresalían aquellos dientes tan filosos que parecían las espinas de un cactus. Me desconcertaba no saber cómo pudo doblar los dedos para simular una boca, una profunda cuenca tan oscura que aparentaba ser infinita. Eso era confuso, saber cómo un brazo dejó de serlo para ser boca y cuerpo. Alejandro se dividió; encontró la forma de separar su verdadera esencia de un simple ente. Sin embargo, se veían partes borrosas, pero aquello, en lo que se había convertido el brazo, estaba muy claro.

Cuando dejé de recordar la foto, el pino seguía preso del viento. No entendía lo que pasaba. Me comenzó a preocupar la situación, era como si hubiera pasado un ciclón. Corrí hacia la parte de atrás de la casa para llegar a mi habitación. A mitad del pasillo titubeé porque pensé de momento que desde el baño tendría una mejor vista.

Cuando entré y vi el cubo de limpieza con el cepillo de mango largo al lado del inodoro, me acordé de que tenía pendiente lavar la ducha. La verdad, había antepuesto cosas más importantes como verificar qué provocaba aquella ventolera.

Salí sin pensarlo y me fui al cuarto hasta la única ventana que abría. Desde allí vi varios pajaritos jugueteando en el árbol de toronjas que tenía casi seco en la parte de atrás de la casa. No se movía ni una rama. Todo estaba normal y pensé que era solo una ilusión o locuras mías. Por ende, regresé hacia donde estaba en un principio. Observé que el pino seguía con su movimiento pendular; no obstante, no se le caían los conos ni las ramas. Desde un principio había algunos en el suelo, pero no se le desprendía ninguno más. Eso llamó bastante mi atención y no pude quitar la vista de él, como esperando que pasara lo normal, que se le cayera, aunque fuera una hoja.

En eso, me vino a la mente una idea que me hizo dar dos pasos hacia atrás, pero sin dejar de mirar el movimiento del árbol.

—¡Él y yo somos iguales! —grité.

Corrí de nuevo, pero solo hasta el baño. Encendí la luz del botiquín para verme mejor en el espejo y me palpé la cara por todas partes. Abrí la boca y examiné los dientes para confirmar que eran parecidos a dos espinas de cactus. Me pellizqué los cachetes para comprobar que se me desprendería la piel en pedazos secos. Me tranquilicé bastante cuando noté que no era así y que todo estaba normal. Sin embargo, coloqué ambas manos alrededor de mi cuello y lo apreté hasta quedarme casi sin aire, como si una serpiente constrictora me ahogara con la sutileza que la caracteriza.

Después, me solté y retomé la respiración; inhalé profundamente con una bocanada de aire que solo se asemeja a la de un recién nacido al salir del vientre de la madre. Sin sentido alguno, bajé las manos hasta mis senos para palparme los pezones rígidos por encima del uniforme. Sonreí un poco porque sentí de inmediato que el clítoris me comenzó a vibrar. ¡Fue fabuloso! ¡Me encanta recordarlo!

Me senté en el inodoro, después de quedarme desnuda. Volví a apretarme los pezones al descubierto para retrasar el deseo de rozarme el clítoris y los labios vaginales. Cuando se me contrajeron los músculos de las piernas, bajé suave las manos por las curvas del inferior de cada seno. Seguí deslizando los dedos de una sola mano por los desniveles blandos de mi abdomen. Rocé suave por lo profundo del ombligo y, desde ahí, descendí con ese mismo dedo hasta que me trinqué por el placer. Acaricié el área mientras volví a apretarme un pezón con la mano libre.

En fin, llegué al clítoris y lo acaricié con el pulgar mientras me penetraba con dos de los otros dedos. Fue la primera vez que tuve un orgasmo en solo segundos. Normalmente nunca los tenía o tardaba mucho en llegar a ese estado. Estuve al tanto de ello y eso me excitó bastante.

Sin pensarlo mucho, agarré el cepillo de mango largo que tenía listo para lavar la ducha y lo utilicé como consolador para llegar de inmediato a un segundo orgasmo. En ese último pensaba en Alejandro, por lo tanto, vino acompañado de un título nuevo: "Sinónimos"; lo grité como si fuera parte del momento. Entre los cosquilleos y el placer, ya sabía lo próximo que escribiría. Tenía que titularse así. Desde ese instante tuve un poco más claro eso de sentir que Alejandro y yo éramos iguales de algún modo.

Esa fue la primera vez que tuve tan húmeda la vulva. No obstante, me detuve de momento porque escuché unos golpes en la ventana.

—¡Lopesita, beba! ¿Estás durmiendo?

Me sequé rápido la entrepierna con la primera toalla que vi, antes de vestirme otra vez con el uniforme.

—¡No! ¡Voy ahora, Paqui!

Abrí el seguro de la puerta y me fui a la butaca para disimular un poco mi estado de calentura.

—Ya abrí la puerta; entra —dije con un tono suave.

—No, mamita, ven; sal un momento para que veas algo.

—Voy...

Me sequé el sudor de la cara antes de salir. Era extraña la manera en que Paqui me pidió que saliera. Lo común era que entrara con comida y se sentara conmigo un rato. En ese momento hasta la ventolera se me había olvidado.

—¡Beba, avanza!

—Pero, ¿qué pasó, Paqui?

—Eso quisiera preguntarte yo. ¿Qué pasó aquí, beba? La hamaca de Chago está casi en el piso; se hizo como una trenza con la tela. Además, se me cayeron todos los potes de detergente. Lo más raro es que el pino de la casa de doña Clarita está como si lo hubieran usado de mapo.

—Pues, mira, te cuento... Pasó por aquí un viento fuerte hace un rato, pero era solo en esta calle porque en la de atrás todo estaba normal. Creo que fue un tornado o algo así.

—¡Qué! —exclamó sorprendida—. ¿Alguien más vio lo que pasó? Y tú sola aquí...

—Tranquila; estoy bien —dije—. No sé si alguien más se dio cuenta; eso sí, estuve pendiente al pino para ver si se caía. Por más maltratado que quedó, no se le desprendió ni una rama.

—¿Estás segura? Cuando pasé vi como unos conos en el piso. Vente, vamos a mirar.

—¿Para qué...? Es que todavía tengo que ver qué cocino.

—Olvídate de eso, mamita. Chago y yo vinimos del pueblo y trajimos un pollo asado. Eso es suficiente para los tres con unas frituras ricas que voy a preparar ya mismo.

—Bueno... —dije antes de estornudar.

Sin más rodeos cruzamos juntas la calle hasta llegar a la casa de la señora Clarita. La verja era en concreto con rejas, no mucho más alta de cuatro pies. Paqui, con dificultad, saltó. No pensaba que "ir a mirar" significaría entrar sin permiso a esa residencia.

—Dale, mami, brinca —dijo mientras se tocaba la espalda como si se hubiera lastimado—. ¡Avanza!

Creo que no pasaron varios segundos cuando ya estaba adentro. Me sacudí las manos temblorosas, pero seguí detrás. Ella caminada agachada, aún con la mano en la espalda. Parecía que se había lastimado bastante, pero eso no la iba a detener.

Nos paramos bajo el pino y lo inspeccionamos como si fuéramos a descubrir algún secreto fabuloso. No había nada distinto a un árbol viejo que había sido estrujado por el viento. Paqui murmuraba que parecía como si, en vez de un aire fuerte, hubiera sido un animal gigante el que lo maltrató.

Por mi parte, olvidé nuestra misión por un momento y solo contaba los conos del suelo.

—¡Siete, Paqui! Hay siete conos.

—Deja de estar pendiente a esos conos de mierda y mira el pino; parece como si lo hubieran apretado en espiral.

De repente, imaginé al árbol de otra manera, como si fuera un viajero del tiempo. Lo pude visualizar como a un hombre muy antiguo con un destino marcado por el dolor. Cada cono simbolizaba una lágrima, pero no cualquiera; sino una que nacía del manantial interno de cualquier ser. En un pino, una gotita como esa, de dolor, se convierte en una semilla. Tenía siete de ellas ante mí.

—¡Lopesita! —gritó Paqui completamente agachada—. Llevo rato llamándote y tú mirando para el piso como una boba. Bájate que por ahí viene la guagua de la iglesia.

—¿Y qué pasa? —pregunté mientras me sacudía la nariz.

—¡Cómo que qué pasa... doña Clarita! —exclamó mientras me hacía señas para que me agachara.

—Espera; voy a recoger...

—Deja eso ahí y vente rápido —dijo interrumpiéndome, con la voz casi muda, pero bien articulada.

Dejé los conos donde estaban y me agaché con ella cerca del pino en un declive que había tras un lomo de tierra. Paqui me decía con señas que nos quedáramos inmóviles. Pude leerle los labios cuando me dijo que esperáramos a que Clarita entrara a la residencia para salir de allí.

No podía creer que estaba en la casa de esa señora. Por la mente me pasó que ella era capaz de asesinarnos. Para mí, su personalidad era equivalente a su mirada de loca. No era nada bueno. Comencé a balbucir que eso sería lo último en nuestras vidas. Paqui decía que dejara de ponerla nerviosa. Me trasmitió tal temor por tanto tiempo que dejé hasta de coordinar lo que pensaba. Solo tenía a Paqui en mi oído murmurando cosas y aquellos siete conos a unos pasos de mí.

Cuando Clarita abrió el pequeño portón de acceso al patio, se detuvo a mirar el pino. Arrugó la cara más de lo que la tenía, como quien no cree lo que está ante sí. Una pensaría que se iba a entristecer, pero se mostraba satisfecha. Parecía que le gustaba lo que veía. Paqui no se movía de donde estábamos, pero yo me atreví a levantarme un poco para estar al tanto de todo.

La señora miraba para todos lados como buscando a alguien. Sin embargo, hasta la guagua de la iglesia ya se había ido. Intenté levantarme en vano, ya que Paqui me agarró de una de las mangas del uniforme. Con la mirada me dijo que ni me atreviera a moverme. ¡Siempre fue tan exagerada! Me liberé de su agarre y me levanté poco a poco. Caminé con cuidado hasta que me detuve detrás del tronco del pino.

Como no adivinaba los movimientos de la señora, me quedé inerte por un instante. Paqui me hizo una última seña y se escondió tan bien que desapareció de mi vista. Al no tener opciones tuve que decidirme a acercarme al borde del tronco para observar disimuladamente.

—Señorita, ¡qué hace aquí en mi casa! —exclamó Clarita.

Salté del susto; fue tan grande el temor que no supe reaccionar. Tenía en frente a la señora que siempre me miraba como si yo fuera un animal extraño. Lo único que hice fue señalar el pino.

—¿Tú sabes lo que le ocurrió a mi arbolito? —preguntó antes de que yo estornudara—. ¿Tienes catarro?

—Solo mucho viento —contesté—. Las cortinas de mi casa me dieron alergia.

—No te entiendo, cariño —dijo con ternura—. Explícame bien qué pasó aquí. Parece que la naturaleza hizo de las suyas.

—Algo así —agregué.

—Además, ¿qué hacías aquí adentro de mi casa? Si pasó algo peligroso, pudiste haberte hecho daño. Tienes que cuidarte.

—Yo te puedo explicar todo mejor —interrumpió Paqui mientras se sacudía las manos.

—Señora Francisca, usted también estaba aquí.

—Sí, lo que sucede es que Penélope y yo estuvimos presente cuando un tornado pasó y me tumbó los potes de detergente y casi le daña la hamaca a mi amorcito, Chago. Entonces pasamos para verificar que todo estuviera bien en su casa. Además, brincamos para acá porque vimos a un hombre con pantalones cortos y una camiseta negra que estaba merodeando su puerta. Por eso estábamos escondidas; vinimos a espantarlo, pero después nos dio miedo. Esta nena, usted la ve así, pero es bien valiente. Verdad, mamita, que fue tu idea entrar a espantar al pillo...

Yo miraba a Paqui con incredulidad. No pronuncié ninguna palabra para evitar aportar a todas esas mentiras.

—Es extraño que usted se preocupe por algo mío. Desde aquella vez que me insultó por celar a don Chago de mí, no me había vuelto a hablar y evitaba hasta mirarme.

—Eso son cosas del pasado. Olvídelo.

—Me alegra saber que entendió que sonreírle a una persona por cortesía no significa nada más que eso.

—Sí, yo sé —agregó Paqui—. Vente, Lopesita, vámonos. Ya doña Clara está a salvo.

Caminé detrás de ella mientras la señora nos miraba sonriente. Nunca había recibido una mirada tan dulce de su parte; parecía otra persona. Además, levantó un poco la mano para decirme adiós de una manera sutil. En ese momento me acordé de los conos y, desde el portón, se los pedí.

—Claro, niña, cógelos —me dijo—. Aquí puedes venir cuando quieras y tomar todo lo que desees. No es necesario que vengas a husmear sin permiso o espantar a algún ladrón imaginario. Por mí, puedes entrar en cualquier momento que lo necesites.

Me agradó tanto conocer ese día realmente a Clarita. Paqui no se movió del portón hasta que la acompañé a su casa. Estaba bastante molesta porque la señora me pareció simpática. A veces se comporta como una niña.

Antes de irnos, fui a recoger los siete conos. Clarita me regaló una bolsa de papel que tenía a la mano. La vació para dármela y en ella eché los conitos. Quería decorar lo que fuera con ellos; son una chulería. Cuando eché el último en la bolsa, cayó de repente otro dentro. Del susto, casi los pierdo. Fue bastante preciso que cayera un octavo cono exactamente en la bolsa. Clarita y yo nos miramos al instante y sonreímos. Entre la hilaridad de la ocasión, pude notar que ella tenía una cadenita de la cual pendía un colgante con una 'ele' cursiva. Titubeé en preguntarle el significado, pero Paqui me ajoraba con gestos desde el portón, así que nos fuimos para su casa.

Cuando por fin cruzamos la calle, me regañó como si yo fuera Katiria, su hija.

—Espero que ahora no te hagas amiga de esa vieja fresca —dijo mientras me miraba firme a los ojos—. Ella se cree que me voy a olvidar de las miraditas que le daba a mi marido. Ahora se hace la santa... ¡Esa demonia!

—No sé qué te pasa con ella; me pareció una señora muy dulce.

—Nena, recuerda que la gente a veces no es lo que aparenta.

—¿Sabes si ella tiene un segundo nombre?

—¿Por qué?

—Tiene una cadenita bien linda con una 'ele' en su colgante en vez de una 'ce'.

—¡Eso debe ser de uno de los machos de la iglesia a la que va! Algún Luis o algún Leo...

Chago interrumpió la conversación gritando con su peculiar voz ronca desde el interior de la casa.

—¡Paca! ¡Paca!

—¡Dime! —contestó desde donde estábamos.

—¿La nena va a comer?

—Sí, divide el pollo en tres partes.

—Tengo mucha hambre; vamos a entrar —dije para cambiar el tema anterior.

—Ya sabes; no te quiero con esa vieja.

—¡Paca!

—¡Vamos ya, hombre! ¡Ponte a comer!

Entramos y Chago estaba casi "atragantado" con un muslo del pollo.

—¡Al fin! —exclamó con la boca llena de comida.

—¡Este puerco! Un día de estos se va a asfixiar comiendo así; como si alguien fuera a quitarle la comida —dijo Paqui.

Ellos acostumbraban a comer sentados en el mueble de la sala. No era raro porque la mesa del comedor siempre la tenían ocupada con periódicos viejos, paquetes de cartón vacíos, latas de cerveza dobladas y hasta ropa que no se sabía nunca si era limpia.

Paqui y yo nos sentamos, ella al lado de Chago y yo frente a ellos en una pequeña butaca. Él paró de comer para servirnos, ya que siempre ha sido muy servicial. Con las manos grasosas, agarró el pollo por el centro y lo partió de un estirón. Después nos sirvió un poco de arroz a cada una antes de seguir comiendo.

—¿Dónde estaban? —preguntó sin parar de masticar.

—Estábamos mirando las cosas que el viento tumbó por ahí. Lopesita dijo que parecía como si un tornado hubiera pasado por la calle. ¿Viste tu hamaca cómo quedó? —agregó.

—Sí, pero pensé de momento que se había enredado así cuando me bajé anoche. No sentía ni los huesos.

—Te he dicho que dejes de estar emborrachándote acostado en la hamaca; te vas a matar algún día bajándote.

—Ay, mujer, si no me has matado tú con tus celos...

—¡Mira, Chago, no empieces a joderme!

—¿Verdad, nena, que esta Paca mata a cualquiera?

—...

—No la metas a ella en tus cosas —dijo Paqui.

—Si la nena supiera bien los bochornos que me haces pasar...

—¡Déjame quieta! Siempre que Lopesita viene te pones a hablar de más.

—Pero si Penélope lo que me da es lástima porque la única amiga que tiene por aquí eres tú.

—Te puedes ir a la mierda. ¡Imbécil!

Yo trataba de aguantar la risa mientras comía. Era una manera muy chistosa en la que siempre discutían por lo mismo. Paqui se hacía pasar por una mujer segura, pero, al parecer, celaba a Chago de cualquiera que lo mirara. Nunca estuve atenta a eso, pero cada vez lo notaba más. Ella se fue al cuarto sin recoger el plato y, de repente, se escuchó cuando tiró la puerta de la habitación. Él trataba de no dejar escapar las carcajadas; eso la hubiera enfurecido más. La realidad es que discutía sola porque su esposo decía los comentarios únicamente por molestarla, aunque tenía razón.

—Viste que esa vieja está loca —murmuró Chago como si estuviera hablando solo.

Recogió los platos desechables, los huesos y la bolsa en la que trajeron el pollo. Mientras lo hacía, se lamía los dedos para no desperdiciar nada. Luego de unos segundos dije:

—¿Loca? No lo creo. Ella sabe más de lo que una se imagina.

—Sabes que siempre se me va detrás a todos lados para velarme. No la entiendo; cualquiera diría que soy uno de esos muchachitos jóvenes de los que se arreglan más que una mujer.

—Sé que ella es algo celosa.

—¿Algo? Paca me cela hasta de la nena que cobra en el *liquor store*. Esa muchachita puede ser mi nieta; se ve hasta más joven que tú, que ya tienes algunos añitos...

—¡Chago! —exclamé sorprendida.

—Es molestándote, hija —dijo entre risas—. Pero entiendes a lo que me refiero; me cela hasta de una bebé.

—Entiendo...

—¿Qué entiendes? Que Paca está loca —dijo e hizo una pausa—. Si supieras que así la quiero, aunque a veces me desespere.

—Si la quieres, no la molestes tanto.

—Ella sabe que es jugando. Ya mismo sale del cuarto como si nada y nos vamos a comprar unas cervezas.

—Bueno...

—Y tú... Te veo algo cambiada hace unas semanas. Estás como más seria. En otro momento, no hubieras aguantado las ganas de reírte cuando Paca hizo su espectáculo.

—Me siento igual que siempre.

—No, yo soy un viejo ya, y me doy cuenta de las cosas. Esos ojitos son como de niña enamorada; esa seriedad momentánea no es normal en ti.

—No sé a qué te refieres. Puede ser por cosas del trabajo.

—¿Será el guardia ese del que siempre hablas? ¿El que te molesta?

—Por Dios, Chago, no. Ese tipo es un asco —dije arrugando la cara.

—Si tú lo dices, hija... ¿Qué es eso que llevas ahí?

—Esto... Son unos conos que voy a usar para decorar algo en el trabajo.

—¿Decorar? Eso es perder el tiempo. No me digas que son del pino de doña Clara.

—Sí, lo son.

—Ay, ni le menciones a Paca que fuiste allí porque se va a alterar más y entonces sí me quedo sin cervezas hoy. Si supieras que hasta de esa viejita cristiana me ha celado.

No le conté a Chago la aventura que viví esa tarde en la casa de la señora para que no usara ningún detalle contra la pobre de Paqui. Me quedé en silencio por un rato antes de agarrar la bolsa con los conos e irme.

—Nos vemos luego, Chago. ¡Gracias por la comida! —exclamé mientras caminaba hacia afuera junto a él.

—No hay de qué, hija. No se te olvide presentarnos a tu pretendiente —dijo antes de prender el radio y desenrollar la hamaca.

No entendía por qué ese comentario me sacó de la realidad. Durante el camino a mi casa pensé en todo... Desde la ventolera, la aventura en la casa de la señora Clarita y su cadena con el colgante en forma de 'ele', la pelea de Paqui con Chago, el supuesto pretendiente que tenía y la foto. Pude imaginarme de una manera más clara los detalles de Alejandro en la imagen.

Cuando abrí la puerta de la casa, no sé cómo, pero me tropecé y se me cayó la bolsa. Los conos rodaron hasta mi butaca favorita. Quedaron alineados como si marcaran un camino. Sentí el deseo sin sentido de escucharlos crujir. Los fui pisando uno por uno.

El sonido de las partes desbaratándose logró que volviera a pensar en el último poema. De momento me asusté porque creí haber olvidado los versos. Me tambaleé un poco por no estar atenta y logré recordar el primero: *Es como un soplido seco de viento*. Esa palabra "viento" logró que de inmediato llegaran los otros trece.

Caminé pisando firme y destrocé los primeros siete conos. Los residuos se mezclaban con el polvo del piso sin barrer. Me detuve ante el octavo y lo recogí con la ternura con la que se levanta a un hijo. Lo inspeccioné girándolo, mientras buscaba en qué escribir. Encontré el sobre vacío de una promoción de un plan médico y descargué en la parte de atrás el octavo poema completo: "Sinónimos".

Lo sabía, Alejandro y yo éramos iguales... Volví al baño y vi el cepillo de mango largo en el suelo. Pensé en lo rico que estuvo; quise volver a hacerlo, pero era más importante confirmar las similitudes entre ambos. Me miré nuevamente en el espejo del botiquín. Leí el poema solo para mí y quedé embelesada observándome. Creo que esa era la mirada de la que se había percatado Chago. También la noté, la disfruté y sonreí.

Me senté sobre la tapa del inodoro y me quedé mirando al cepillo como si esperara que viniera a darme placer. Cerré los ojos e imaginé el brazo animalizado de Alejandro. Sin mirar, agarré el cepillo y lo llevé a mí. No sé si mis alaridos se llegaron a escuchar en las casas de los vecinos. Igual, no me importaba. Cuando terminé, con el último grito, se me escapó el noveno título:

—¡"Verso en lo abstracto"!

Ese lo escribí en la parte frontal del sobre.

Alexánder Rivera Velázquez

XIII

Estaba a punto de salir de la piel vieja y despegada. No faltaba mucho para poder desplazarme por el mundo y lograr lo que me había propuesto. Tenía la sensación de manejar la movilidad en todo el cuerpo. El señor del sombrero y su esposa acababan de salir del cuarto junto a la enfermera Jenny. Necesitaba planificar bien mi escape del hospital para que fuera imperceptible ante tanta gente que frecuentaba los alrededores. No podía permitir que alguien obstaculizara mi meta y, mucho menos, tener que hacerle daño.

Tenía una idea, pero no era posible ejecutarla sin un poco de ayuda. Pensar en ello me hizo sentir un vacío como si algo me hiciera falta. Tuve unos minutos en lo que me negué a mi realidad, ya que la única vez que llegué a extrañar a alguien, me culparon, me señalaron y mancillaron mi imagen. Prefería eso antes de que le hubieran hecho daño a Eva. Ella fue una de las personas importantes en mi tiempo ancestral, aunque ya pasó tanto que solo me queda un vago recuerdo de la vibración de su voz.

Por esa razón me obligaba a despejar la mente. No quería aceptarlo, pero la enfermera Penélope era la causante de mi añoranza. Trataba de mantenerla al margen en mi memoria cada vez que estábamos distantes. Sin embargo, los escombros de mi piel nueva, pero cuarteada, se deslizaban por las sábanas blancas cuando la recordaba. Esos pensamientos que rayan en la cursilería llegaron a mí como los versos de una gran canción.

No estaba claro si era bueno que la pudiera percibir en la distancia. Cada suspiro mío tenía que ser como una gran ventisca para Penélope; así lo imaginaba cuando suspiraba al pensarla. Creé con ella una conexión telepática mediante mi glándula pineal. En ese momento no estaba claro, pero ella me sentía como un tornado a su alrededor. Me percibía cada vez que la pensaba, la deseaba o quería que trascribiera algún poema.

Además, cuando se acercaba al hospital era como si hubiera un temblor bajo mi cama. Me vibraba cada parte del cuerpo y con mayor fuerza según su cercanía. La conexión se hacía más fuerte con cada pensamiento. Supe que en eso de conectar telepáticamente había fallado mi amigo Francesco con Laura. No crearon nunca una unión síquica que pudiera trascender los límites de los mortales. Por ello, en las horas más tristes, él no pudo acercarse a ella. Se desprendieron en la forma física y a él solo le quedó cobijarse en sus versos sin poder entregárselos.

Por mi parte, siempre supe que iba a evolucionar en mis instintos para poder cumplir con mi misión, aunque no fuera sencillo. Cada acción iba dirigida a revelar la Verdad. Trataba de olvidarme de Penélope para no desconcentrarme, pero estaba claro que era necesaria y, además, me encantaba. Mi Verdad se concretaba como poemas a través de ella. Tenía que ser así porque las revelaciones que quería exponer no eran aptas para todas las personas.

Existen algunos, la mayoría, que no son capaces de comprender la realidad que los rodea. Viven adorando a la Muerte y la dan por bella por no saber cómo es su rostro. La veneran como si fuera la vida. Tienen templos en los que la hacen parte del altar. No imaginan que los traicionará en algún momento como lo hizo conmigo.

Era triste saber que, si escucharan la Verdad sin ningún filtro, enloquecerían o entrarían en un estado de negación. Los humanos también me traicionarían, yendo más allá de su antipatía por mí. Me odiarían sin límite, no por las calumnias de siempre surgidas desde Eva, sino por atentar contra su "Verdad", la falsa realidad en la que viven. Entonces tomé una buena decisión al codificar mi mensaje y usar a Penélope para esa tarea.

—Vamos a ver cómo está todo por aquí —dijo el doctor Rivas interrumpiendo mis pensamientos.

—Jenny acaba de salir con los parientes de él —comentó la enfermera Carmen que entró al cuarto también.

Mientras revisaban los monitores y tomaban unas anotaciones, empecé a sentir el temblor que me anunciaba la llegada de Penélope. Apenas era perceptible; significaba que solo venía de camino. El doctor y la enfermera salieron del cuarto. Las vibraciones aumentaban poco a poco. Opté por diseñar otros poemas en mi mente; siempre tenía que estar listo para cuando surgieran las conexiones con ella. Su presencia se sentía como un animal insaciable que se alimentaba con mis versos.

Quise levantarme, pero escuchaba que aún había gente cerca. Me senté para ver dónde se había detenido el doctor con la señora Carmen. No alcancé a divisar a nadie, aunque me percaté de que como quiera no estaba listo para ponerme de pie. La fuerza de mis extremidades no era suficiente. Además, el cuerpo humano me hacía perder gran parte de mis instintos natos.

Tenía que terminar con el cambio de piel; estaba claro. Sin embargo, eso haría muy obvio mi progreso. Me quedé en la cama, pero mordí una de mis manos para comprobar la fuerza en mi mandíbula. Quedaron dos pequeños agujeros en la piel como evidencia. Los colmillos tenían mayor protuberancia, un poco más que los de una persona normal; además, estaban más afilados. Limpié el residuo de sangre con la sábana y la enrollé alrededor.

La vibración se había vuelto tan fuerte que no me dejaba ni pensar. Miré hacia la ventana y vi una bandada de aves oscuras volando en círculos. Sobre ellas, arriba, en lo alto del cielo, las estrellas negras regresaron. Esa vez fueron una legión completa; estaban allí, aunque era difícil identificarlas. Otra vez, utilicé mis instintos primitivos para sentirlas. Entre el éxtasis que me transmitían —similar al de un orgasmo— y la vibración por Penélope, estuve cautivado por el placer. No aparté la vista de dicho espectáculo hasta que escuché la voz de ella a lo lejos:

—¡Tú no me dejas ni llegar! —gritó Penélope—. Una que viene tranquila al trabajo y siempre me recibes con comentarios estúpidos.

Se escuchó un silencio momentáneo, antes de que entrara molesta al cuarto. No despegué la mirada de su carita ruborizada por la ira. Traía una semilla de pino y un papel angosto, como un sobre. Cargaba todo a la vista de cualquiera.

—Esa Jenny siempre... —mencionó.

Quise preguntarle lo sucedido, pero ella no estaba lista para escuchar mi voz. Así que solo la observé. Colocó la semilla sobre el papel en una mesita cercana a la cama.

—Ahora dice que eres mi novio —murmuró mientras me acomodaba la sábana.

No sabía si sentirme feliz por ese comentario o tenso porque eso significaba que debía tener mayor cuidado cuando ejecutara mi plan.

—No importa. Te traje ese regalito para que tengas algo de la naturaleza aquí contigo. ¡Huele rico!

Tomó el papel y, sin dilación, me leyó "Sinónimos" y "Verso en lo abstracto". La vibración se intensificó a niveles que nunca había sentido ni como serpiente. Casi me hizo levantarme de la cama y abrazarla con todo el cuerpo, enredarme en ella hasta no dejarla separarse nunca de mí.

Lucía como una diosa con aquel sobre de papel arrugado entre sus dedos perfectos. La imaginaba volando al igual que un pajarito gris como los que merodeaban la ventana. Me llenaba todo el entorno con sus palabras. Mis letras en su boca... Los labios brillantes que se lucían con el baile candente de la pronunciación de cada sílaba. ¡Qué perfecta le quedó esa última línea!

Porque eres la acción del verbo en lo abstracto.

De repente movió un poco más la sábana como para sentarse y, de un salto, dejó caer el papel. Notó la sangre que derramé por la mordida. Me revisó y no tardó en divisar su procedencia. Me apretó la mano antes de intentar lanzar un grito de auxilio. Era paradójico que una enfermera necesitara ayuda para algo tan simple, pero se notaba nerviosa. Ni cuenta se dio del apretón que me dio, el cual hizo que la sangre goteara todavía más y, para colmo, su intento de grito fue en vano.

Se mantuvo en silencio porque se escuchó el ruido de un golpe en la ventana. Parecía como si alguien hubiera dado un puño en el cristal. Se detuvo por un segundo y, en lo que recogió el papel, sonó otro impacto similar. Con el sobre apretado en la mano, caminó lentamente hacia la ventana. Vio cuando otra de las aves chocó contra el vidrio. Ella corrió hacia allá para ver mejor...

—Hay tres muertos —dijo—. Pero, ¿qué pájaros son esos tan grandes?

Las estrellas estaban casi perceptibles al ojo humano. No quería que las viera; podía asustarse o confundirse. Era un conglomerado de entes opacos, oscuros... Como si fueran pequeños agujeros negros con forma estelar que pudieran tragarse al planeta y, quien sabe, si hasta el universo.

Estaba listo para mudar mi piel y liberar las extremidades por completo. Aguanté el deseo de enredar a Penélope con mi cuerpo como quien respeta el dogma de un ayuno para alimentar la fe. No sabía cuál era el paisaje más perfecto. Desde adentro del cuarto se veía la naturaleza de ella mostrando su esplendor; por un lado, la oscuridad que se esconde tras los edificios para defender sus enigmas; los faroles apagados que esperaban la noche para revivir; por el otro, las personas indiferentes y caminando sin saber que son observadas a través de una ventana.

Desde afuera, lo que hubiera sido una perfecta pintura del Renacimiento, la cual reflejaba la belleza ideal y el balance de los seres humanos. Penélope mostraba su esplendor imponente como la protagonista en *El nacimiento de Venus*. Botticelli hubiera sentido envidia porque ella, con un simple uniforme de enfermera, humillaba la desnudez de la diosa. Quien estuviera al otro lado de la ventana, veía un marco de metal sucio y falto de pintura con un cristal empañado en las esquinas. En el centro, mi Penélope, mi deidad, mi nueva Eva y mi método de expresar la verdad sin tener que moverme.

—Hay tantas volando... —murmuró—. ¿Será que viene otro tornado?

Me agarré de las sábanas y las apreté para detener el serpentear natural de mis instintos que me descontrolaban. De la mordida que me había infligido antes, salieron dos gotas de sangre que se deslizaron por la piel hasta unirse en una sola. Aún no tenía el control del cuerpo humano; un mamífero no está apto para desprender la piel vieja de un reptil.

Las escamas que se crearon alrededor de las grietas en mi piel velluda se desprendían hasta impregnarse en las sábanas. Sin embargo, lo importante no era lo que me ocurriera a mí; proteger a Penélope pasó a ser lo primordial. La única opción que parecía viable era devorarme desde la cola hasta engullir todo el cuerpo para renovarme y saciar el instinto que me obligaba a alimentarme. No podía comenzar un ritual como ese sin ningún motivo; además, eso no serviría para ayudarme a mí, solo podía emplearlo en otros. Me desesperé bastante. El hambre que me despertó no era algo que hubiera experimentado en mucho tiempo. Tantos siglos sin sentir ese apetito voraz y nato de alguien como yo.

Estoy seguro de que en ese instante había olvidado a Eva y las primeras conversaciones que tuve con ella. Creía amarla en algún momento, sin embargo, nunca la vi como una aliada; era un amor simple de esos que solo pasan y se olvidan. Francesco pudo haber hecho lo mismo con Laura para calmar así su sufrimiento, aunque me consta que tuvo que morir pronunciando el nombre de su amor y con una soledad más grande de lo que las personas imaginan.

Eva llegó a ser lo mismo para mí, pero me la quitaron sin darme una explicación. Luego fui yo el que dejé de servir a la Muerte y a esos entes superiores a ella, dueños de la injusticia de una monarquía divina que superaba la razón. No quise continuar viviendo como un esclavo y me aparté sin dar explicación alguna. Fui yo el que mordí la manzana; tuve que hacerlo para liberarla a ella también.

Entonces, desde tiempos remotos, la Muerte me persigue y engaña a las personas con la vida eterna, mostrándome como el iniciador del mal. Tiene templos en los que la veneran en el nombre de un supuesto dios, el cual no es su padre en realidad.

Las personas no imaginan cómo es ni tienen idea de lo que ocurre después de esta existencia terrenal. Los seres humanos están muy confundidos y sufren mucho por su ignorancia. Esas experiencias me enseñaron que sin sufrimiento no existirían los poemas.

—Ya son diez los que han caído muertos. ¡Qué les pasa a esos pájaros! —dijo Penélope antes de voltearse.

Se percató de que me estaba retorciendo y se acercó rápidamente para ayudarme. No gritó para pedir asistencia como hubiera sido lo normal, sino que con el papel de los poemas trató de detener la sangre de la mordida.

—Esos poemas ya no servirán —mencionó calmada mientras buscaba unas gasas—. Aunque ahora los tengo firmados por ti. Se me acaba de ocurrir un buen título: "La gota en la firma".

Cuando la escuché, sonreí. Creo que fue la primera vez que ella me vio hacerlo. Otra de las aves se estrelló con mayor fuerza contra la ventana. Luego del ruido que produjo el golpe y mi sonrisa, Penélope pronunció los títulos que yo esperaba que escribiera como si cada uno fuera un secreto:

—"Ave extinta" —dijo como si se le escaparan las dos palabras antes de tapar su boca con la mano.

No se detuvo al escuchar los golpes en la ventana, los cuales se sincronizaban con la pronunciación de cada título.

—"Dueño de la gota" —agregó con un tono más suave y me miró.

Creo que se dio cuenta de que yo era su inspiración. Quitó la gasa y mojó la punta de los dedos con mi sangre. En sus palmas quedaron algunos residuos de mi piel desprendida.

—"Este verso y siempre" —susurró.

Estaba mucho más calmado, aunque me preocupaba el estado de ella. Solo se escuchaba el ruido de las máquinas que había en el cuarto, el cual era interrumpido por los golpes constantes de las aves que caían muertas. Ya debía haber una pila de ellas. Sonó un golpe una vez más...

—"Líquido de la esencia" —murmuró Penélope aún más suave con un sonido casi imperceptible antes de despertar del trance.

Me miró sorprendida y fue a la ventana nuevamente.

—Una, dos, tres, cuatro, cinco... Catorce, hay catorce amontonadas y con los cuellos retorcidos.

En eso hice un movimiento involuntario con uno de los brazos, con el que se supone que hubiera escrito los poemas, y se me desprendió un pedazo de la piel vieja en el área de la mordida. Cuando ella se percató de que algo pasaba, sacó las gasas y notó que el pellejo pegado al algodón era distinto, tenía un tono grisáceo bastante fulgente. En vez de descartarlo todo, lo guardó en el bolsillo junto con el papel que contenía mi sangre y los poemas.

—¡Penélope! —gritó la señora Carmen desde la parte exterior del cuarto.

—Me voy antes de que venga para acá y vea los pájaros esos y me pregunte qué pasó —murmuró para sí—. ¡Voy ahora, Carmencita!

—¿Dónde estás?

Fue a mirar una vez más a través de la ventana como quien no cree si lo que vivió fue real o una pesadilla.

—¡Siguen ahí! Esto es como un sueño loco.

—"Soñar es herejía" —pronuncié con mi voz grave, la cual hasta el momento ambos desconocíamos.

Ella me miró con notable incredulidad. Me mantuve parco ante sus ojos sin parpadear. Caminó suave, de espaldas, pero dirigiéndose hacia la puerta. Para mí era evidente que podía percibir sus pensamientos y decodificarlos como palabras, sabía lo que pensaba; sin embargo, ella no estaba al tanto de la conexión que teníamos. Eso fue lo primero que escuchó por mi parte, el título del decimoquinto poema.

—"Sonrisa caducada" —agregó antes de irse.

—Ese es otro, el decimosexto —pronuncié para mí.

Se escuchó un último golpe de una de esas aves que merodeaban la ventana. Sabía que se harían polvo antes de que alguien las viera. Las estrellas negras dejaron de mostrarse en el cielo, ya que atrapé su reflejo en mis ojos y pude parpadear sin problemas. Me sentí listo para levantarme y salirme del cuerpo humano. Tenía que completar a la perfección mi plan. Además, me faltaba transmitirle cinco poemas más a Penélope y todos en una Verdad para los seres humanos.

Alexánder Rivera Velázquez

XIV

Cuando salí del cuarto de Alejandro me sentí casi sin aire. No es posible explicar con detalles las sensaciones que tuve. Carmencita me estaba llamando y caminé hacia ella con la intención de decirle que él habló. Lo escuché por primera vez. Me detuve frente al mostrador de la recepción. Estuve fuera de mí por un momento. Lo único que pensaba era en que tenía que compartir eso con alguien, y quién mejor que Carmencita.

—¡Ni me vas a mirar! —exclamó Jenny.

Me topé con ella allí, pero ni la noté. Más bien, me asustó al escucharla de repente.

—Sabes que no me gusta que te pases jodiéndome —dije con voz firme y seguí caminando—. Un día de estos me vas a encontrar de malas...

—¿Y qué... Qué vas a hacer ¡Lopesita!? —preguntó mientras se levantó y se paró detrás de mí.

Sin dudarlo, me volteé y la agarré por el pelo. Recuerdo que le di con el talón de la mano sobre un ojo. Se lo hinché al instante. Me dio un halón bastante fuerte que me hizo dar varios pasos en falso hasta caerme, pero la agarré también a ella y nos fuimos juntas al suelo. Yo llegué primero al piso, pero quedé casi sentada. Ella salió peor porque se dio en la cabeza con el borde del mostrador antes de caer. Aproveché y, así sentada, le di con la punta de la suela del zapato encima del golpe.

Sentí tanto placer cuando le abrí el chichón que se hizo. La sangre que le bajó hasta la nariz fue un espectáculo visual casi orgásmico. No me di cuenta de toda la gente que había llegado donde nosotras para separarnos hasta que sentí que me levantaron a la fuerza.

—¿Qué hiciste, muchacha? —preguntó el doctor Mejías.

Tuve suerte de que no estaba Rivas porque me hubiera regañado como si fuera mi padre. Tener confianza con alguien a veces tiene sus desventajas. Mejías tenía un horario más limitado; no nos conocíamos bien y nos tratábamos con mucha distancia.

—¿Qué les pasa? ¿Por qué llegaron a eso como niñas pequeñas? —agregó.

—Ay, doctor, vine corriendo cuando escuché el alboroto —dijo Carmen casi sin aire—. A Penélope misma estaba buscando.

—Para colmo ella fue la que le dio una patada en el piso a la otra y le hizo una incisión bastante profunda —agregó el doctor—. No sé ni cómo le hizo tanto daño. Si llego a saber que tengo que fungir como árbitro el día de hoy, no le hubiera cubierto el turno a Rivas.

—¿Por qué pelearon? —preguntó una estudiante que estaba haciendo práctica ese día.

Nadie le contestó a la novata, la cual se acercó con una compañera que se mantuvo en silencio, pero ambas estuvieron pendientes a la situación.

—¡Ustedes —dijo Carmencita—, dejen de estar pendiente a lo que no les importa y llévense a Jenny para que le hagan una sutura en la herida! ¡Ayúdenla a caminar y no la vayan a dejar caer!

—¿Tú puedes intervenir con Penélope en lo que termino la ronda? —preguntó el médico.

—Claro que sí, doctor, no se preocupe.

—Carmencita, fue culpa de ella —dije—. Tú sabes que...

—No te quiero escuchar, Penélope —Me interrumpió con tono triste—. Ustedes saben que son como mis hijas y no puedo creer que me hagan pasar por estas cosas. Ahora te metiste en un problemazo por ponerte agresiva con Jenny. A ella solo le gusta jugar contigo.

—¡Jugar...! Esa pendeja me jode todo el tiempo. Lo que hice fue defenderme.

—¿Defenderte es herirla como lo hiciste?

No dije nada porque sabía que me había excedido un poco, pero no me arrepentía. Si no me separaban, la hubiera golpeado hasta quedarme sin fuerzas. La pude matar y seguir mi vida feliz y tranquila.

—Ahora voy a tener que llevarte donde doña Josefa para ver qué hará contigo, bueno, con las dos por problemáticas.

La directora del personal nunca había tenido que ser parte de ninguna acción disciplinaria por parte nuestra. Casi siempre lo hacía por tonterías como tardanzas o ausencias. Tampoco había presenciado la intervención de ella en un caso de agresión física.

Cuando bajamos hasta el primer piso, lo primero que vi al abrirse las puertas del elevador fue la cara del guardia.

"Maldito sea, ahora este va a empezar a joder".

—Ey, ¿qué te pasó? Parece como si un tornado te hubiera pasado por encima —dijo en forma de broma.

"Es un imbécil".

—Mire, Pablo, hágame el favor y no sea impropio. Deje a la niña quieta que bastante tiene ya —dijo Carmencita para intervenir.

—Espere... ¿Le pasó algo?

Hubo un silencio breve.

—Penélope, cualquier cosa que necesites, puedes contar conmigo —dijo Pablo mientras se quitó la gorra.

"¡Ridículo!", pensé y traté de no establecer contacto visual con él.

—¿Qué se cree el calvo este? —murmuró Carmencita—. Tan feo... Se creerá que le vas a hacer caso. No necesitas nada de él.

Con ese comentario casi me hizo reír antes de llegar a la oficina, la cual se sentía bastante cálida. No había mucho en las paredes, solo un cuadro amarillento de la fachada del hospital, retratada desde la carretera. El escritorio estaba decorado con tazas alusivas a la enfermería. Entre ellas, sobresalía un tablón en el que se leía: *Josefina Flores* al lado de un cuadrito de metal oxidado que resguardaba la imagen de la virgen María.

—Nena, espera aquí en lo que viene doña Josefa. Sabes que no podré hacer mucho por ti. Además, no vi cómo empezó la cosa. Eso sí, te recomiendo que seas sincera con ella.

Solo asentí con la cabeza y volví a observar cada detalle de la oficina hasta que escuché la voz fañosa de la señora Josefina.

—Señorita Penélope Ayala, ¿qué fue lo que ocurrió con usted y su compañera... Jenny Oquendo?

—¿Ese cuadro es de cuando inauguraron el hospital?

—Sí, señorita, me trae buenos recuerdos de cuando comencé a trabajar aquí. Tú, como mucho, solo serías una bebé o ni habías nacido. Estaba este edificio, el principal, los nuevos de la parte de atrás ni los imaginaban hacer.

—Entonces usted lleva mucho tiempo aquí...

—Sí, por eso es que algunos de los empleados dicen que soy más vieja que el edificio. Se creen que no estoy al tanto de lo que hablan de mí —agregó mientras tosió y respiró profundo para limpiar su garganta antes de seguir hablando—. Tú sabrás más que yo sobre eso.

En cualquier otro momento me hubieran dado muchas ganas de reír, pero no le estaba prestando total atención. Solo buscaba divagar para no entrar en el tema importante.

—Bueno, no dices nada de lo ocurrido. Quisiera saber por qué usted, señorita, llegó a la agresión física con una compañera en su lugar de trabajo.

—Pues, yo... —dije e hice una pausa.

—Vamos a hacer esto sencillo; no quiero que vengas con excusas ni con más divagaciones. Háblame con toda sinceridad.

—Mire, Jenny y yo nunca hemos tenido una relación buena de compañeras y, mucho menos, a nivel personal. Desde que llegó aquí ha tratado de que Carmencita tenga favoritismo con ella. No estoy para aguantar esas actitudes de niña. El día de hoy me estuvo molestando desde que pisé el hospital con comentarios fuera de lugar. Eso fue hasta que se levantó como para intimidarme. No me iba a dejar meter miedo.

—Eso quiere decir que porque ella le dijo un par de cosas con las que no estuvo de acuerdo, se puso así de agresiva. ¡Estas niñas! —exclamó para sí—. Sabes que ahora tienes un problema grave. Tengo que llevar este casito al administrador de personal para saber qué él decidirá hacer con ustedes.

—¿Esto tiene que llegar a tanto? Si quiere le pido disculpas a ella y ya.

—No, señorita, aquí seguimos los protocolos. Por qué crees que llevo tanto tiempo trabajando en este lugar. Las reglas son para seguirlas —dijo mientras rechinó la silla cuando se levantó—. Espéreme un momentito aquí en lo que mando a llamar a Carmen a ver qué puede aportar al caso.

En lo que doña Josefina abrió la puerta y sacó la mitad de su inmenso cuerpo para mandar a llamar a Carmencita, no pude dejar de observar un rosario de metal mohoso que pendía de una tachuela enterrada en el borde del espaldar de su silla.

"Para qué esta señora tiene eso ahí".

—Ya está. En un minuto se supone que Carmen llegue y, en el nombre de la Virgen, podamos concluir con esto.

Cuando se sentó otra vez, la silla sonó como si le hubiera explotado la botella hidráulica. Casi no cabía en ella y se dejó caer como una plumilla, pero con el peso de un generador eléctrico. Para colmo, se empezó a sacar sucio de los dientes con las uñas.

Mientras tanto, me di cuenta de que el problema en el que me había metido por culpa de Jenny podía afectar mi cercanía con Alejandro. Dejé de pensar en lo trivial del momento y comencé a tomar todo con una mentalidad más seria.

—¿Para qué viene Carmencita?

La señora dejó de esculcarse los dientes y me contestó:

—Para serte sincera, la llamé para que me ayude a reubicarte —dijo de una forma muy tranquila mientras aún se pasaba la lengua por las muelas—. Es obvio que no puedes seguir aquí. Odio lidiar con gente agresiva. Mejor le dejo ese problema a otro.

—¡No...! ¡No me haga eso!

—Ay, señorita, eso tenías que pensarlo antes de ponerte a dar golpes por ahí como si esto fuera un *ring* de boxeo.

En eso, Carmencita tocó la puerta para anunciarse antes de entrar a la oficina.

—¿Usted me mandó a llamar?

Yo la miré con cara de espanto y ella notó de inmediato que no estaba ocurriendo nada bueno.

—Sí, pase —dijo doña Josefina haciendo un gesto con la mano—. Mire, Carmen, yo no sé qué les pasa a tus muchachas.

—Ay, doña Josefina, si quiere hablo esta tarde con mi pastor para que ore por ellas. Si usted supiera lo bueno y lo guapo que es. A él todo se le da, tiene una bendición tremenda. Y qué bendición...

—¡A la Virgen es a quien hay que pedirle! Es evidente que la señorita Ayala es una persona agresiva que por nada comienza a dar golpes. Como dije, a la Virgen es a quien debe encomendarse. El colmo es que hasta vieja me dijo.

—¿Yo..? ¿Cuándo dije eso?

—¡Usted haga silencio! —exclamó haciéndome un gesto de detente con la mano—. Vio, Carmen, ni respeto tiene. Interrumpe la conversación de dos personas mayores.

Carmencita me miró como si me pudiera dar un golpe con los ojos. Estuve tan confundida. Entre las consecuencias que tendría que afrontar y los poemas que iba a escribir, los cuales no se me olvidaban, no tenía la mente clara y me quería explotar la cabeza. Para colmo —el colmo real—, Alejandro, personalmente me dijo un título. Era impresionante que él mismo lo pronunció. Me dijo cómo se titularía el número quince.

Sé que doña Josefina y Carmencita hablaban de mí, pero casi no las escuchaba. Sentí como si me hubiera sumergido en un cuerpo de agua hasta el fondo, quedándome lo suficiente abajo como para que se me taparan los oídos. Solo escuchaba sus voces en la lejanía.

Ave extinta, once; Dueño de la gota, doce; Este verso y siempre, trece... El trece me gusta demasiado. El número y el poema... Trece, qué número tan perfecto. Líquido de la esencia, catorce; Soñar es herejía, quince, y Sonrisa caducada el dieciséis. Ese penúltimo, el quince, con la voz de él.

—Soñar es herejía —pronuncié sin darme cuenta e imitando la voz grave de Alejandro.

—¿Soñar qué? —preguntó Josefina mirándome como si yo fuera un ser extraño.

—Ay, nena... —agregó Carmencita con cara de lástima—
. Vas a tener que guiar un poco más, ir más lejos. Te voy a perder, pero es lo mejor para que estés más tranquila.

—A mí la tranquilidad de ella me importa muy poco. Lo
importante es que no me traiga problemas al hospital. Mucho
hago... Esto quedará aquí y no voy a llevar la situación a los
jefes. Esperemos en el Divino Niño que nadie más se entere
porque si no esto se pondría más serio.

Era increíble que esa señora intentara tapar su mal ma-
nejo de una situación con una imagen de falsa justicia.

—¡Soñar es herejía! —grité levantándome de golpe.

Ambas me miraron como si estuviera loca. Traté de no
prestarle atención a lo que me dijeron. Las manos me temblaban, pero aguanté las ganas de estallar aún más por la ira. La
voz de Alejandro resonaba en mi cabeza de una forma tan
constante que se fue distorsionando hasta tornarse grotesca.

Primero escuchaba el título del poema que se repetía
como un latido permanente, pero luego él cambió lo que me
transmitía a otra pronunciación de algo que no entendí al
principio. Pensé que me estaba volviendo loca, pero no; fue la
primera vez que estuve consciente de que Alejandro estaba en
mí cabeza. A la distancia me hablaba o se comunicaba dirigiéndose a mí con los detalles más precisos y necesarios para
mi entendimiento. Siempre fue así, desde los títulos en un
principio.

Él no estaba allí con nosotras, ni tampoco lo escuchaba
en sí, sino que recibía la información como si acabara de oírlo.
Era una conexión compleja de entender para los humanos por

la inexperiencia en el campo de la telepatía. Lo que lo hace difícil es que en ese tipo de transmisión se saltan algunos pasos en el acto comunicativo. No es una decodificación de un mensaje, sino que es de un pensamiento. Por eso digo: A veces las palabras sobran.

—¡Sube! ¡Ven a mí! —exclamé y me tapé la boca al instante.

Yo pronunciaba lo que él me transmitía.

—Hasta loca está esta muchacha —dijo Josefina.

—Ay, mi nena... Espérame aquí en lo que busco tus cositas en lo que doña Josefa te dice qué hacer —dijo Carmencita.

—No... Yo voy —dije con tono calmado—. Voy ya —agregué mirando hacia el techo.

—Señorita, recuerde que el proceso no ha terminado.

Me dispuse a salir de la oficina con un paso lento e inseguro hasta que escuché que Carmencita le dijo a la señora que me iba a acompañar para que no subiera sola. Desperté del marasmo y me entregué al latido en mi mente:

"Sube... Ven a mí".

Me fui por la escalera para que ella no me alcanzara, ya que el elevador acababa de subir y había gente esperando a que regresara. Llegué al piso lo más rápido que pude.

Me detuve unos segundos para tomar un poco de aire antes de dirigirme al cuarto. Rogaba que Carmencita aún no estuviera por el área. Casi todos los empleados estaban atentos a la recuperación de Jenny. Dejaron el espacio prácticamente desolado y eso era conveniente para mí. Me hubiera dado ganas de ir a rematarla, pero era más importante llegar donde Alejandro. Las palabras que retumbaban en mi mente con su voz se habían convertido en los rugidos de una bestia que rogaba ser liberada.

Crucé el pasillo con la mirada en el suelo; creo que nadie me notó pasar. Me detuve otra vez cuando me acerqué al cuarto y divisé la chapa plateada con el 121. Las manos me temblaban y sentía un frío asfixiante que me dificultaba mantener claros los pensamientos.

Cuando la voz de Alejandro cesó en mi mente, todo se convirtió en una calma extraña. Por lo menos sentía paz, y era lo apropiado antes de presentarme ante él. Sin dudarlo más, entré y lo que vi fue inesperado. Hubiera pensado encontrarme con cualquier cosa menos con aquello. No estaba segura si sentir miedo o asco, pero en ese momento no sabía que era él. Tampoco estaba clara si gritar o salir corriendo. De todo lo raro que me estuvo pasando durante ese tiempo, ese... exactamente ese... fue el momento más insólito.

Alexánder Rivera Velázquez

XV

La desesperación me llevó a tomar una decisión drástica. Percibía un nivel elevado de angustia a través de los pensamientos de Penélope. Desde que ella tuvo contacto directo con mi sangre, pude decodificar en detalle todo lo que le pasaba.

Lo drástico en sí fue que tuve menos tiempo para ejecutar mi plan alterno. En un principio solo quería fusionarme por completo con él (Alejandro) y vivir su vida, pero sin dejar de cumplir mi cometido. Sin embargo, se estaba resistiendo al cambio; además, necesitaba mudar por completo la piel vieja para terminar de anexarnos sin errores, lo cual se estaba haciendo imposible.

Su desconfianza, miedo y angustia por sentirse invadido estaban contraponiéndose a mis deseos de no hacerle daño, ni en lo físico ni a sus recuerdos. Eran demasiados sentimientos encontrados. Él mostraba un amor infinito hacia esa pareja de señores que iba a visitarlo al hospital. Por mi parte, sentía lástima en un principio; luego, cambié ese sentimiento por cariño.

Tenía claro que la opción más segura era salir de su cuerpo y llevar a cabo el cambio de planes. Era la última alternativa, pero existía el riesgo de que alejaran a Penélope de mí, y no podía permitirlo.

Entonces me concentré en el abdomen de Alejandro con la delicadeza de no dañar nada en su organismo. Los músculos se le contrajeron hasta levantar el área central de su cuerpo de manera arqueada sobre la cama. La espalda quedó suspendida sin tocar las sábanas. La nuca y la parte inferior del torso se enterraban en las telas llenas de la costra de escamas.

No había personas lo suficientemente cerca como para percatarse de que a Alejandro le pasaba algo. Nadie hubiera imaginado que yo estaba adentro y que lo cuidaba como si fuera parte de mí; pero necesitaba salir. Él era un hombre que había pasado por muchos momentos dolorosos y su nobleza lo hacía alejarse de las personas para no molestarlas ni con su presencia. Me enteré de muchas cosas, que no mencionaré, ese tiempo que estuve en su interior.

Cuando me acomodé para salir del cuerpo, le dejé lo último que quedaba de mi piel vieja para que las escamas rodearan su músculo vital y se fortaleciera la esencia de su persona. Además, con ello me encargaba de que algún día descubriera la Verdad sobre la vida y el verdadero rostro de la Muerte, y quizás escribiera nuestra historia. Un hecho muy peligroso para un ser humano normal, pero yo me adelantaría con los poemas para que, cuando los necesitara, tuviera a la mano la evidencia de lo que expondría en su defensa.

Sobre los poemas, tenía diez escritos y seis guardados en la mente de Penélope. Solo faltaban los cinco finales, los cuales deseaba escribir yo directamente. Todos, los veintiún sonetos, serían la clave, el acertijo para descifrar los secretos ocultos de la existencia, la verdad.

En el momento que estuve a punto de estar afuera, saqué mi lengua bífida por la ranura creada entre sus labios. Cuando sentí la seguridad en el entorno, repté hacia el exterior por su boca. Lo hice rápido porque el cuerpo se estaba quedando sin oxígeno y la máquina de los vitales dio la alarma.

El arco formado en la espalda de Alejandro fue reduciéndose poco a poco sobre la cama mientras yo salía y lo liberaba. Él estuvo inconsciente por un corto período, pero cuando reaccionó no pudo coordinar sus movimientos.

Yo tenía casi todo el cuerpo sobre la cama, a su lado, pero él, casi sin aire, agarró la sábana y la intentó tirar con las pocas fuerzas que le quedaban. Fue tan errático en sus movimientos que tropezó y ambos terminamos en el suelo. Del golpe que se dio al caer, quedó inconsciente otra vez. Me preocupé bastante, tanto que comencé a reptar alrededor suyo para revisar que estuviera bien.

De inmediato opté por ejecutar el rito del ouróboros; no podía esperar. En dicho ritual se muestra una figura ovalada o circular creada por el propio cuerpo de una serpiente ancestral. Todas las originales, las desterradas, éramos capaces de hacerlo; lástima que masacrasen a mis hermanas por mi culpa. Yo fui la cara de la rebelión; la única que se detuvo frente a frente a la Muerte y la retó. Hui porque necesitaba ser libre y vivir, o sobrevivir, para luchar un día más. Mis hijas del presente han perdido esa capacidad con su evolución. Ahora son más tímidas y no las culpo. Nos han creado una mala fama absurda, y a casi todas nos detestan.

Hace milenios que no le renovaba la vida a alguien. Solo lo hice con Lilith. Fue peligroso porque dicha acción consume demasiada energía vital; además, tengo que controlar los pensamientos de quien esté ayudando. Me parece odioso enterarse de los secretos de la gente impura; sin embargo, en una situación extrema, es la única forma en la que puedo percatarme de que la persona tiene suficiente vigor para mantenerse a salvo sin hacerme daño.

Socorrer a un humano puede atentar contra mi existencia, y no podía permitir que la Muerte acabara con Lilith. Había algo en ella que llamaba mi atención y un aroma a naturaleza inconfundible. Lo increíble fue que conectamos de inmediato; eso facilitó el "rescate".

Ella estaba casi inmóvil, desplomada. Cuando logré entrar a su mente, formamos una simbiosis en el plano de las ideas, la cual resultó útil para conocerla antes de escuchar su voz por primera vez. Desde un inicio tuve claro que era una mujer extraordinaria. No podía dejar que muriera mi única posible aliada. Vi en sus pensamientos un deseo de venganza similar al mío; así que la salvé sin dudarlo.

Me le acerqué lo más que pude; luego, giré alrededor suyo mientras me mordía mi propia cola para mantener la forma circular lo más simétrica posible. Era notable su piel opaca; además, le colgaban de las extremidades algunos pedazos de pellejos sangrientos; solo la Muerte pudo desprenderlos, pero falló. Dejó en Lilith una pequeña esperanza de vida.

Cuando terminé de compartirle un poco de mi energía mediante el ritual del ouróboros, se comenzó a incorporar con bastante dificultad. Los jirones de piel ensangrentados cayeron sobre la tierra. El tono de su cutis le cambió a uno más radiante. Ya en pie, me prometió reaparecer cuando fuera el momento preciso para enfrentarnos a la Muerte. Ella también descifró mis pensamientos.

—Sentirás mi presencia en las cercanías de un árbol especial —dijo—. ¡Ese árbol que te menciono será el talismán que marcará nuestro reencuentro! Volveré a la naturaleza y me fusionaré con ella, así como esa piel ensangrentada en el suelo se mezcla en estos momentos con la tierra. Lleva las palabras como tu arma principal. Sigue tu instinto. ¡Eres salvaje!

No entendí a qué se refería de primera instancia. Ella desapareció luego de esparcir sobre mi piel un puñado de un polvo gris al que llamó "Libertad". El tono de su voz fue desvaneciéndose, y se mezcló con el sonido del viento seco que sentí hasta desfallecer por el cansancio.

Siempre cargué su verdadera esencia unida con la mía. Ambos fuimos condenados por desear ser libres con 'ele' mayúscula. Esa fue la razón por la que la Muerte quiso acabar con ella. La aprisionó en este plano simple de tres dimensiones.

Aquello que me entregó fueron las cenizas de su guía, su estrella negra. A veces ser libre es el mayor de los tesoros. Algo similar pasaba con Alejandro. En su caso, a diferencia de la situación con Lilith, tenía que hacerlo rápido. El tiempo era limitado. Además, contaba con una mayor responsabilidad con él por haberlo invadido.

Sin pensarlo más, rodeé su cuerpo con el mío y abrí la boca lo más que pude. Moví la cola para que estuviera a mi alcance y la comencé a engullir. Me detuve cuando sentí la punta en mi esófago. Enterré los dientes en las escamas nuevas y las atravesé hasta que desgarré la carne. Cuando mi sangre comenzó a gotearme por la boca, los músculos se me volvieron más ligeros para permitirme arrastrarme de una forma más ágil. Me estiré lo más que pude para rebasarlo en tamaño y creé un círculo alrededor de su cuerpo antes de comenzar a girar.

Repté trece veces sin cambiar la postura hasta que comenzó a transpirar las toxinas que necesitaba liberar. Estaba desintoxicándose a través del sudor. Yo parecía el tubo de una rueda de bicicleta rodeándolo y girando... Con Lilith, con rotar una sola vez logré completar el ritual, pero la falta de práctica produjo que se me hiciera un poco complicado.

El lapachero que se formó a través de sus poros fue idóneo para terminar con éxito. Mientras tanto, estuve conectado con Penélope todo el tiempo. En varias ocasiones la llamé para que viniera hacia mí; giraba y la llamaba, así en repetidas ocasiones. En el momento en que la sentí encaminarse hacia el cuarto, desencajé mis dientes poco a poco desde los de la parte frontal hasta los de atrás.

Cuando estuve libre, me quedé inmóvil al lado de Alejandro. Todo estaba en calma, pero el ambiente se sentía tenso. El silencio propiciaba que percibiera los latidos de mi pulso. Era como si el aire frío que entraba por los conductos del techo hubiera sido capaz de crear un filo hasta herir superficialmente la piel.

Penélope estaba al otro lado de la puerta, la sentía. Podía percibir el aire que exhalaba por la boca. La esperaba con paciencia y seguro de que se impresionaría cuando me viera, pero eso era parte del plan alterno. Cuando algo rompe la realidad de los seres humanos, se vuelven más vulnerables. La necesitaba así: muy tranquila y dócil para poder unirme con ella sin ningún problema. Ya había mudado la piel y tenía las escamas nuevas a la intemperie, lo que hacía que fuera el momento perfecto.

Ella sería mi nueva anfitriona y eso me gustaba, aunque hubiera preferido mantenerla en la tercera persona para disfrutar del paisaje que me exponía. Estuve conforme con dejar de admirarla como si fuera la Venus de Botticelli para hacerme parte de ella. Hay que ser un gran crítico del arte cuando se es capaz de admirar la belleza desde cualquier perspectiva. Eso haría, seríamos uno en cuanto a mis letras y mi ideal, pero dos en cuanto al punto de vista.

Siempre he admirado a los extintos caballeros que besaban el dorso de la mano de su dama, y aprovechaban el gesto para caminar juntos al sujetar su siniestra. No solo quería asirla y vivir a su lado, sino coexistir con ella. Creo que mi plan alterno tenía que ser el principal y hasta ese momento no lo había notado.

Cuando la vi entrar, no me sorprendió que se mantuviera inmóvil ante nosotros. Alejandro aún en el suelo y goteando el sudor; por el otro lado, yo observándola fijamente. Cada vez que sacaba mi lengua, era como si pudiera saborearla. La belleza tiene una degustación que se ajusta a cada paladar; lo salado se vuelve dulce.

El primer movimiento que hizo fue como para escapar, pero se detuvo al instante. No sabía que ese Alejandro del suelo era un desconocido y prefirió quedarse para ayudarlo. Luego, intentó apartarme haciéndome varios gestos con las manos.

—Vete... Vete. Tú no existes —decía moderando la voz—. ¿Cómo llegó hasta aquí un animal como ese?

Le cumplí su deseo reptando bajo la cama, pero salí por el otro lado para poder estar al tanto de lo que ocurría. Ella, con pasos titubeantes y mirando para todos lados, caminó hacia él. Lo levantó casi sin poder y lo dejó caer en el borde del colchón. De momento, parecía haberse olvidado de mí, aunque miraba constantemente hacia el área por donde me había escabullido. Vi cuando lo agarró por las piernas y lo acomodó en la cama.

Él balbucía los últimos seis títulos de los poemas que todavía ella no había escrito. Cuando lo escuchó, lo abrazó con tanta fuerza que casi lo deja sin aire otra vez. Estuve atento a todo, pero sin dejarme ver. Me movía sigiloso detrás de ella.

Penélope se despidió de Alejandro jurándole que iban a reencontrarse. El pobre hombre no estaba consciente en su totalidad y no podía responderle. Era obvio que tampoco iba a reconocerla y mucho menos entender lo que sucedía.

Aunque yo sabía con detalles lo que ocurría, permití que ella se desahogara para que estuviera tranquila antes de que nos uniéramos. Luego de despedirse con un beso en su frente, se volteó como para irse; sin embargo, yo estaba allí... Nos miramos sin parpadear por un par de segundos hasta que la paralicé. Entré en su mente una vez más y, con la cercanía que teníamos, pude esculcar en cada detalle de sus recuerdos hasta que me topé con un pensamiento que resguardaba la sonrisa de Lilith. El rostro era de una mujer mayor, pero era ella sin duda. Lo intuí por el brillo gris en los ojos.

Eso me dio la confianza que esperé por milenios para enfrentarme a la Muerte sin rodeos. ¡Hasta me emocioné! Nunca estuve equivocado con Penélope; la vibra que sentía con ella era la misma que me cautivó a través de Lilith. Me comencé a preguntar si eran la misma persona. Entonces, sin vacilar más, le transmití lo que sé y le mostré la verdad descifrada. Ella se desmayó cuando contempló todo a través de mi mente. Los seres humanos no están listos para ver más allá de lo que tienen preconcebido.

Fue mucho más sencillo que con Alejandro. Mis escamas nuevas hicieron que fuera más ligera mi entrada al organismo de Penélope. No tenía que tragarla para fusionar las pieles y yo quedar dentro en una flexión celular como hice con él. La embocadura de ella se ajustaba perfectamente a mi cuerpo. Así que repté entre sus piernas.

Alexánder Rivera Velázquez

XVI

M i existencia cambió por completo desde que lo tuve a él en mi interior. Seguí llamándolo Alejandro por la costumbre. Los portavoces de la Muerte, durante siglos, lo han nombrado de muchas formas, pero no tiene ningún apelativo oficial. Él se hacía nombrar el Uno por ser el primero y el último que quedaba de su especie.

*

Cuando estaba en el suelo sentía una sensación de malestar en el cuerpo. Me dolían mucho las piernas y la cabeza me latía bastante. Me verifiqué para asegurarme de que no estuviera sangrando; todo estaba en orden. Me percaté de que me acostaron en una camilla en el mismo cuarto junto a Alejandro. Me senté y no pasó mucho cuando Carmencita entró.

—Nena, ¿cómo te sientes?

—Me duele mucho la cabeza. ¿Qué me pasó?

—Parece que te desmayaste. Subía detrás de ti, pero doña Josefa me detuvo para excusarse conmigo por lo que hablamos sobre tu caso. Oye, no sabía que ella es amiga de la abuela de Jenny... Dame un momento en lo que te busco unas aspirinas.

En lo que Carmencita salió, agarré mis cosas y caminé dando tumbos hasta el pasillo. Miraba a todas partes esperando no volver a encontrarme aquella serpiente gigantesca.

"Creo que me estoy volviendo loca".

Desde afuera observé por última vez a Alejandro, el dueño del cuerpo, que dormía sin darse cuenta de nada. Entonces me encaminé hacia el elevador.

—¡Nena! —gritó Carmencita—. ¿Para dónde vas? Toma las pastillas.

Le hice un gesto con la mano para que avanzara y me las diera.

—Se supone que no te vayas hasta que doña Josefa te diga lo que tienes que hacer —murmuró mientras me daba las aspirinas y una botella de agua—. Olvídate; tómate eso y vete calladita. Yo te excuso y pido una reunión para mañana. Total...

—¡Gracias! ¡Te quiero mucho, Carmencita! —exclamé y le di un abrazo como pude.

Cuando bajé al primer piso, Josefina y Jenny hablaban en el otro extremo del pasillo, justamente frente la puerta de la oficina de la señora. Daba la impresión de que ya se habían reunido.

—¿Para dónde va usted? —preguntó Josefina.

—No me siento bien. Me desmayé cuando fui a buscar mis cosas.

—¡Pero no te puedes ir! —exclamó.

—Prefiero que hablemos en otro momento —dije calmada.

—Esta cree que manda más que usted —agregó la otra mientras se colgaba en el cuello el rosario mohoso de la señora.

No dije nada más y di varios pasos hacia ellas. Solo volteé cuando estaba al costado de Jenny y la miré fijamente. Se me escapó una carcajada cuando vi que se le había manchado el uniforme con moho donde también había manchas oscuras de su sangre seca. Ella se movió y casi se esconde detrás de la otra.

—¡Vio eso! —exclamó asustada—. Esa mujer está poseída.

—¿De qué hablas? —dijo Josefina—. Aquí están todos locos. Voy a rezarle a la Virgen para que los ayude —agregó antes de encerrarse en la oficina.

De inmediato gritó desde adentro:

—¡Espero que no te atrevas irte!

Jenny salió corriendo cuando se vio sola. Yo seguí mi camino sin importarme la advertencia. Cuando llegué al estacionamiento, Pablo me estaba esperando en la parte de afuera de su caseta.

—Mira, Lopesita... este... Aquí tienes mi número para que me llames... este... si pasa cualquier cosa en el piso, tú sabes, yo estoy aquí para darles seguridad a todos y más a ti... este... Si quieres me puedes llamar en cualquier momento y a cualquier hora. Siempre estoy disponible... para ti.

—Señor, ella no quiere tener ninguna interacción con usted —dije con la voz grave de Alejandro.

Empalideció al escucharme. Por mi parte, me di cuenta del cambio de voz, pero lo tomé como algo normal. Fui hasta mi Malibú y lo abrí con facilidad, como nunca. Eso me gustó. Conforme pasaba el tiempo, me fui sintiendo cada vez mejor.

Llegué a casa y Paqui estaba echando agua en la calle con la manguera.

—¡Mamita! —gritó y me saludó moviendo la mano—. Te tengo unas costillitas bien ricas para hoy. Si no te las guardo, Chago las acaba. Pero ya están frías, deja que las caliente y te las llevo.

—Tráemelas así —dije con mi voz normal—. Gracias, señora —agregué cambiando la voz.

—¿Estás ronca? —preguntó riéndose mientras guardó la manguera—. Te llevo eso ahora.

En ese momento mi Alejandro, el Uno, estaba algo descontrolado e intervenía de manera inconsciente desde el interior de mi cuerpo.

Entré a la casa para escribir todo lo que tenía en mente, aunque no descansara esa noche. Saqué del bolsillo la gasa con el papel de los poemas manchados con sangre. El pedazo de piel grisácea que se le había pegado al algodón se volvió un puñado de un polvo del mismo color, como las cenizas de un muerto. Escuché a Paqui y arrugué todo como estaba antes y lo guardé en el mismo bolsillo para que no se regara nada.

—Mamita, te las traje frías por si las vas a calentar después. Me voy rápido porque Chago está muy extraño. Me dijo que no volviera a echar agua en la acera y me quedara en la casa. Tiene un mal presentimiento. Dice que está con los pelos de punta. A ese lo que le hace falta es beber ron —agregó en forma de broma.

Hice un amague de sonrisa y la seguí con la vista hasta que se fue. Me acerqué al plato desechable que ella dejó y eché un vistazo a la comida. Eran unas costillas de cerdo con mucha salsa de barbacoa y arroz blanco. Solo me interesé por la carne. En el fregadero le saqué el exceso de condimento y los huesos. Hubiera preferido tener al animal en trozos y con el calor corporal de una muerte reciente.

Metí en mi boca el primer pedazo de carne y lo engullí con dificultad. Es cierto que prefería a las presas que intentaban escapar de mí y las atrapaba con el cuerpo. Esas que me manchaban los dientes con su sangre; pero en la naturaleza de un ser humano hay límites que se contraponen a mi instinto.

Terminé con la comida y tiré todo al suelo para liberar el espacio. Busqué con qué escribir y, al igual que mi amigo Francesco, me senté a la mesa sin dejar que nada en el entorno me quitara la concentración. Lo expuse todo como si lo copiara y no fuera una creación nueva. Así fue, ya estaba completo el acertijo sobre la realidad de la existencia, la Verdad. Los primeros seis sonetos de esa tarde —los adeudados— fueron la base que me sirvió para crear los últimos cinco.

El proceso fue muy fluido... El siguiente, el número diecisiete, quedó exquisito: "Llegarán mis canciones". Leerlo me llevó al éxtasis para crear un número dieciocho: "Reloj del raciocinio". Pero de repente sentí una presencia que me inquietó, poco antes de que se escucharan los nudillos de alguien tocando la puerta.

—¡Hola...! ¡Penélope! ¿Estás despierta?

Hice silencio y me quedé inmóvil.

—Acaban de caer unos conos del pino de mi casa y sé que te gustan...

—Pase —dije sin dejarla terminar y con mi voz ronca—. Está abierto.

—Hija, no quiero molestarte. Disculpa si te desperté.

Ella entró y se acercó con confianza, como si me conociera de toda la vida. No me moví. Evidencié lo que sentía Francesco cuando me le acercaba por la espalda.

—No me molesta. Muchas gracias —afirmé con la misma voz—. Usted es un amor. Déjelos por ahí.

—De nada, hija. Me debes una visita... El pino ya está listo —dijo mientras caminó hacia afuera.

—Claro, el pino... ¡Ese es el árbol! —exclamé.

Una vez salió, cuando cerró la puerta, sentí como si me hubieran dado un golpe en la nuca. Casi caigo al suelo, pero me agarré del borde de la mesa. Miré a todas partes y estaba sola. Solo me percaté de un reguero de arroz y huesos que estaban esparcidos por el piso. Cuando fui a recogerlo todo, noté que había ocho poemas escritos, los que tenía en mente, y unos nuevos.

—¡Alejandro! —pronuncié con mi voz.

—Penélope —dije con tranquilidad, pero con la voz de él.

Sentí el impulso de agarrar el lápiz y lo hice con miedo. Me venían muchas palabras extrañas de las cuales desconocía su definición y nunca había escuchado. Una vez tuve el madero otra vez en mi posesión, se me nubló la vista antes de seguir escribiendo.

Me faltaban tres poemas y yo, como el Uno, tenía que darle un toque de mi esencia al cierre del compendio. El orden estaba claro. Primero iba a exponer lo que es ser inmortal. Luego, tenía que liberar los versos restantes del paúl en el que estaban enterrados. Por último, iba a resumir la verdad en un soneto que serviría como el cierre que encadenaría un cuerpo bajo una piel de escamas.

Me levanté para ver el pino de la señora. Realmente sabía quién era ella y sentía que me llamaba. Era inquietante su presencia, pero no de una forma negativa. Me acerqué a la ventana antes de salir. Era oscuro, pero me fijé en el ventanal del cuarto que daba hacia el árbol. La luz de esa habitación estaba prendida. Salí corriendo y crucé la calle. Cuando estuve a unos pasos de la acera, la señora removió parte de la cortina y le sonreí. Apagó la luz y me quedé inmóvil frente a la casa. Francisca (Paqui) se asomó al balcón y me preguntó si le pasaba algo a la señora Clarita.

—Me da lástima, creo que ella sí está loca —enuncié con la voz de Penélope.

—Viste, mamita, te lo dije. Vete a descansar; no te quedes ahí —dijo y se encerró rápido.

Cuando decidí regresar a mi casa, me llamaron con un silbido. La señora estaba al otro lado de la verja.

—Ven —susurró con una voz diferente, más dulce—. Hemos esperado mucho por este momento. Necesito que me devuelvas mi esencia... mi Libertad. Con ello podré enfrentarme a la Muerte desde otro plano. Yo lucharé desde allá y tú, desde acá.

Esa voz armoniosa... Pasé milenios sin escucharla, pero jamás la olvidé.

—Sabía que el reflejo en los ojos de Penélope podía ser por tu influencia. Al fin seremos aliados.

—Siempre lo hemos sido. Nunca te abandoné. Te miraba desde lo alto cada vez que me necesitabas.

—Las estrellas negras...

Solo asintió con la cabeza antes de agarrarme las manos y decir:

—Estás dentro de esta chica; protégela del ambiente hostil que ha creado la humanidad. Las personas son seres ilusos y eso es tierno; sin embargo, pueden ser tan crueles como la Muerte.

—¿Cómo sabes eso?

—He frecuentado varios templos donde veneran a nuestro enemigo. En esos lugares lo adoran sin saber de lo que es capaz.

—Entonces, el asunto será más complejo de lo que imaginaba.

—Depende... ¿Ya tienes pensado lo que revelarás a las personas?

—Claro, ya casi todo está inmortalizado a través de la escritura de estos tiempos. Además, es como un acertijo; así puedo cuidar a quien no esté capacitado para entender. No hace falta que en nuestra cruzada nos sigan personas innecesarias.

—Me parece excelente que lo hayas hecho así.

—Además, no lo publicaré directamente; lo haré a través de un tercero. Su nombre es Alejandro —dije con un amague de sonrisa—. Y tú, ¿cómo lo harás?

—Así como te uniste con la chica, yo tengo que hacerlo con la naturaleza. Ya te había adelantado algo sobre eso. Después de ser parte del viento, antes de encarnarme nuevamente como humana, confirmé que lo natural en la madre Tierra es lo único que sigue su propio instinto sin que la Muerte intervenga más allá de su labor principal, que es la del simple punto culminante de cualquier ciclo —dijo mientras tocaba el colgante de una cadenita muy llamativa que tenía—. Siempre cuidé del árbol que iba a utilizar para ello. Ya he perdido mis facultades para romper con lo ordinario, así que necesito solo un poco de lo que te di de mi esencia para renovarlas.

—El polvo gris... —murmuré.

Sin mediar más palabras, busqué lo más rápido que pude la gasa con el pedazo de piel seca, la cual se había convertido en dicho polvo. Recordaba claramente que lo tenía en el bolsillo. El mismo que hurgaba en ese momento para encontrar tan preciados restos.

—¡Aquí lo tengo! —exclamé mientras lo levantaba como un trofeo—. Está dentro de estas gasas —agregué cuando se lo di.

—Solo hace falta un poco de la "magia" que contenía mi antigua piel para unirme con ese pino. Cada semilla será un pedacito de mi esencia. Te pido que me siembres luego; así me multiplicarás. Ven a mí cuando lo necesites; así tu fuerza será renovada. Respírame; así mi pureza natural purificará tu existencia. Desde ahora me verás brillando aún más en cada estrella oscura y me sentirás en el oxígeno que inhales. Seré tu aliada fiel. ¡Me mezclaré por completo con la naturaleza y alimentaré tu instinto! Nunca lo olvides: ¡Eres salvaje!

Conservé el silencio mientras ella se detuvo ante el pino. Levantó la cabeza para enfocar la mirada en la copa.

—¿Ya no eras capaz de manifestarte como dices? —dije con voz temblorosa.

—Todo era muy limitado. Como te comenté, me reflejaba en las estrellas cuando sentía que me necesitabas. Y volví a ser viento cuando te vi en el reflejo de los ojos de la chica que posees —dijo sin apartar la mirada del pino—. En eso gasté lo poco que quedaba de lo "mágico" en mi esencia. Ahora solo tengo que ser naturaleza y renovarme sin que hagas ningún ritual.

Abrió las gasas y derramó en una mano la pizca de polvo que se había creado a partir de mi piel desprendida. Era menos de lo que creía; de momento dudé que fuera suficiente.

—¡No sabía que era tan poco! ¿Crees que...?

—¡No interrumpas!

Di varios pasos hacia atrás sin pronunciar palabra. Ella se frotó las palmas como si fuera posible embadurnarlas con tan poca cantidad de polvo. Era inconcebible, pero se multiplicaba hasta cubrirle las manos por completo. No solo eso, el cuerpo... todo su cuerpo se fue cubriendo hasta que simplemente se podía percibir una silueta antropomórfica gris. Era demasiado denso como para notar siquiera algún rasgo de la mujer con la que hablaba poco antes.

Luego llegó el viento; unas ráfagas que casi me levantaban del suelo arribaron como si emergieran a través de las raíces del árbol hasta salir al patio donde estábamos. Dichos vientos giraron en entorno a ella como si su presencia fuera intocable para la furia de la naturaleza. Daban vueltas alrededor suyo como lo hice yo unos milenios antes cuando le renové la vitalidad con mi ritual del ouróboros.

Recurrí a agarrarme de los tubos de la verja para que la ventisca no me derribara. Me gritó que me acercara. Su voz vibraba con furia; era similar al rugido de un gran felino. Caminé hacia ella y el viento comenzó a rodearme también, pero sin establecer contacto conmigo; así di algunos pasos firmes hacia Lilith. Ya no quedaba rastro de la imagen que mostraba como la señora Clarita; ya era solo la mujer que conocí como Lilith. Cuando estuve tras ella, solo podía ver lo que supuse era su espalda, pero solo percibía una gran masa de polvo que ni quisiera se movía con el viento. Ella se volteó y me dijo:

—¡Toma esto!

—¿Qué es...? —intenté preguntar.

El viento retomó todo el espacio. Adquirió la forma de un tornado cuando ella se volvió otra vez hacia el pino y levantó los brazos. Luego, comencé a rodar por el patio, pero apreté en mi mano lo que parecía ser la cadenita. Di a parar con un lomo de un desnivel que había en la grama. Vi cómo ella fue desintegrándose con la violencia de las ráfagas. El polvo se separó y se mezcló con el viento como una nube en una tormenta de arena.

El tifón adquirió una tonalidad gris y se ubicó sobre el pino. Las dos puntas se tocaban. Se formó la silueta de un reloj de arena: el tornado encima y el pino debajo. La ventolera comenzó a entrar entre las ramas del árbol; lo jamaqueaba, pero no lo rompía. Cuando se unieron por completo, se calmó casi de una manera abrupta.

Pensé que las personas de los alrededores pudieron alcanzar a ver aquel espectáculo y haberse confundido. Me levanté y miré hacia todas partes. No había nadie cerca; la carretera estaba vacía. Era como si el evento se hubiera aislado en el patio de la casa.

Salí de allí con pasos errados y miré el pino desde la carretera.

"Ella siempre estuvo en mí; la cultivaba en mi piel", pensé.

Di varios pasos más hacia la casa sin percatarme de que aún apretaba en mi mano lo que ella me había entregado. Me detuve a observar aquello; sí, era la cadenita de metal. Tenía un pendiente en forma de 'ele' cursiva. Me la colgué en el cuello con orgullo, y sonreí porque de inmediato me acordé de Francesco. Quién diría que un obsequio de Lilith iba a recordarme a mi antiguo amigo. Esa letra hacía honor a su Laura y a mi eterna aliada.

Cuando continué el camino hacia mi hogar, dejé que Penélope tomara el control.

—¿Qué hago aquí en el medio de la calle? —dije bastante confundida.

No estaba completamente segura de lo que pasaba hasta que regresé a la casa y vi todos los poemas. Estaban organizados en el mismo orden en que había escrito los primeros, junto a unos nuevos; todos seguían un formato.

Me senté a la mesa para leerlos y me di cuenta de que no estaba sola. Sentía una presencia alrededor y no me atreví a moverme. Estuve inerte por unos segundos hasta que noté que algo colgaba de mi cuello. Era la cadena de doña Clarita; la que, según Paqui, tenía que ser de algún macho de la iglesia. No sabía por qué estaba en mi posesión. Tampoco tenía ganas de ir donde ella para averiguarlo. Estaba muy confundida, pero seguí leyendo.

Cuando llegué al poema titulado: "Libertad encerrada", detrás de mí se detuvo algo, en ese momento no sabía qué, solo sé que casi podía susurrarme las palabras al oído. Continué y leí "Las llaves del paúl". Con la lectura de ese otro escrito fue como si lo que estaba allí junto a mí me respirase en el pelo. Cuando llegué al último, "Vientre de Cibeles", comprobé que mi Alejandro, el Uno, estaba conmigo, en mí. Mencioné su nombre y me giré rápido para comprobarlo, pero no había nadie... Solo éramos dos en uno, nosotros en el mismo cuerpo.

Epílogo

Salí del hospital unas semanas más tarde, después de haber despertado de un coma. Mis abuelos siempre estuvieron conmigo. Según me dijeron, el trato allí fue pésimo por casi todas las personas. Fue cómico cómo me describieron a una señora que estaba a cargo del piso en el que me tenían, una tal Carmen. Ella creía que los engañaba diciendo que me daban el mejor trato, pero ellos notaban la hipocresía con la que les hablaba.

Por otro lado, me mencionaron que en un principio hubo una enfermera que sí me cuidaba bien. Me comentaron que dejaron de verla durante las últimas semanas. Me hubiera gustado conocerla. Tuvo que ser alguien especial para tratar tan bien a una persona en mi situación.

Yo lo que hacía era tener pesadillas sobre distintas cosas. A veces me veía escribiendo poemas que desahogaban problemas que no parecían reales. En otras ocasiones eran sueños sexuales, y eso no estaba tan mal... Pero cuando volvían las pesadillas, muchas veces eran con serpientes. En la última, me vi rodeado por un ejemplar de esos animales que era como tres veces mi tamaño. No sé si exagero.

Siempre le he tenido respeto o hasta miedo a todos los reptiles; mantengo mucha distancia con esos animales. Aunque, ya tranquilo en la casa de mis abuelos, me dio con buscar información sobre las serpientes en específico. Creo que el tema me llamó la atención más de lo que esperaba.

Las venenosas son admirables por su forma de cazar; sin embargo, las constrictoras son muy fuertes y pacientes. Saben esperar el momento perfecto; esa es su mayor virtud. Me parecen animales respetables y fascinantes. Tanto, que investigué mucho más y terminé escribiendo un ensayo sobre ellas. Siempre hay que tener una musa para crear arte literario, o cualquier arte, y la mía me llegaba a través de los sueños que tuve cuando estaba en coma y la música. Creo que hice una buena simbiosis entre ambas cosas. Volviendo a lo del escrito, comienzo mencionando lo importante que es el sigilo durante el momento de cazar: *La clave del éxito en una cacería es el sigilo.*

Escamas (XXI)

Alexánder Rivera Velázquez

I

Sombra escrita

Tocas el cuerpo de la soledad
cuando se escapa tu abstracta presencia,
aunque vacía, está llena de ausencia
y te escondes bajo la oscuridad.

Se oye el viento de cruda tempestad,
mientras te desahogas sin violencia
escribiendo una gota en evidencia
con la sonrisa sin felicidad.

Eres todo aquello que nadie nombra;
oculta vives; ocultas tu vida,
aunque colorida sea tu meta.

Siempre has redactado siendo una sombra
porque tu todo es de total partida;
eres la sombra escrita de un poeta.

II

Color del dibujo

Quiero dentro de un poema buscarte
para hacer una obra de sentimiento;
dibujando amor en mujer intento,
con el dulce latido al dibujarte.

Sería más que una obra: ¡Una obra de arte!
Sería en piel dibujar lo que siento
en los versos que me encontré en un cuento,
escritos para a lo abstracto llevarte.

No buscarte, encontrarte es lo que quiero
para darte tanto verso guardado
porque siento que los tengo de lujo.

No buscarte, encontrarte es lo que espero
porque en blanco y negro está dibujado
tu encuentro como color del dibujo.

III

El idioma de un sueño

> Es el idioma de un sueño inspirado,
>
> el que en este verso de amor se posa
>
> y es solo para ti, mi dama hermosa,
>
> quien escuchas atenta aquí a mi lado.

> Un verso simple, nada complicado,
>
> pero es un verso lejos de la prosa
>
> el que te nombra como carnal diosa
>
> y musa de cada verso creado.

> Sí, tú... Tú que sorprendida me miras
>
> con el adorno de brillo en la cara,
>
> desbordando la ilusión con belleza.

> Sí, tú... Tú que este soneto me inspiras,
>
> provocaste que mi lápiz soñara
>
> en un ósculo de delicadeza.

IV

Duelo

A un duelo entró el amor sin una meta
dentro de una llama de poesía
porque el poeta escribiendo confía
en el duelo que con el lápiz reta.

Como arma de fuego el lápiz sujeta
retando al amor desde que escribía
aún sin saber por qué antes temía,
sospechando que fue por ser poeta.

Ahora, un amor y un poeta en frente,
comienza la batalla que es intensa:
pedazos de fuego se vuelven hielo.

En un ardiente y congelado ambiente,
el poeta con sus palabras piensa
seducir al amor en este duelo.

V

Lo que es eterno

    Solo quiere, solo espera una pista

    porque sabe todo lo que es eterno

    como el hielo que congela al infierno,

    la nieve que no es de color racista.

    Quiere, pero espera como turista:

    un extranjero del eterno averno,

    que puede ver que lo eterno es moderno

    porque de lo eterno él es el artista.

    Una pista, un real acercamiento

    convierte a lo que es eterno en espera,

    y a la espera en segundos de temor.

    El artista del vivo sentimiento,

    de la espera que espera hasta que muera

    porque en la eternidad guardó al amor.

VI

La mitad de una piel

Unámonos sin miedos, sin temores,
me lo pide tu distancia dolida:
que unamos el binomio en simple vida;
sí, juntemos los miedos y dolores.

El tic-tac-toc de los relojes cantores
retumba en una vibración suicida
que me atrapa en una ilusión caída
sobre la mirada de los errores.

Tú posees la mitad de una piel:
la mitad de un cuerpo solo hace falta
para así completar la te del arte.

Unámonos en error: hiel con hiel;
así no faltará lo que no exalta
y todo será un todo con tu parte.

VII

El cúmulo de la osadía

Los humanos son los únicos mundos,

pero Cronos se sumerge en sus venas

para cambiar las sonrisas por penas

y encerrar la libertad en segundos.

Iguales se vuelven tiempos fecundos

de los segundos de horarias faenas,

cuando culminan con las horas llenas

minutos... encerrados... moribundos.

La libertad continúa encerrada

en eternas e impenetrables horas

que son el cúmulo de la osadía.

El tiempo es esa palabra callada:

presa... pocas... muchas... devastadoras,

que comienzan a completar el día.

VIII

Sinónimos

Es como un soplido seco de viento

que pasa y seca todo de repente,

hasta seca lo que vive en la mente

dejando sin su vida al pensamiento.

El pensar confundido es un lamento

y más si se siente al amor carente

que, siendo carente, en la piel se siente,

si se piensa la vida en sufrimiento.

Sufrir es sinónimo de vivir,

cuando se vive con odio y temor:

si hay vida es algo que hay que lamentar.

Vivir es sinónimo de sufrir

y en mi pensamiento vive el amor,

aunque una lágrima sea el pensar.

IX

Verso en lo abstracto

Soy quien escribo y tú quien me salvaste;
gracias te doy a ti en cada verso nuestro
porque tú eres la alumna y yo el maestro
que, sin letras, un verso me enseñaste.

Por solo amor a la tierra llegaste
y llevaste a la pasión de un secuestro;
ahora escribo sobre el ser más diestro
porque un verso por una acción cambiaste.

Con palabras no estaré satisfecho
si no llenan las sílabas de acción,
y forman entre ellas con sangre un pacto.

Tus palabras se convierten en hechos
y tu amor se tradujo en la pasión
porque eres la acción del verbo en lo abstracto.

X

La gota en la firma

Los minutos, las horas, oscurece...

tic-tac-tic: el vacío en su llegada

y escritos con una gota firmada,

la que al lado del partido aparece.

Segundos pasan: el recuerdo crece

porque la noche sigue esperanzada

de alumbrar tus días acurrucada

en un tac-tic que en un tiempo te bese.

No has imaginado, no compagina

que te lleve en mi mente día a día,

porque mi pensamiento no se cansa.

Una coma, el verso así no termina,

sin letras de escape a la fantasía

porque en lo real vive la esperanza.

XI

Ave extinta

Un secreto me ha revelado un ave
sobre lo que pasa constantemente:
cambia el amor por el temor, la gente,
para no saber lo que nadie sabe.

El ave me acaba de dar la clave
para saber lo que la gente siente;
por qué el temor, si el amor es el puente
por el que cruza el verso que aquí cabe.

Cabe el verso, un amor y mi libreta,
junto al ave que me cuenta secretos,
las palabras ocultas tras la tinta.

Mi letra en un verso al ave interpreta
como susurros que forman sonetos
que mantienen con vida al ave extinta.

XII

Dueño de la gota

Un partido tu partida dibuja
con una gota de dolor inmenso,
es la carita de un líquido intenso
como la imagen que hilvana la aguja.

Tanto líquido que al papel no estruja,
pero regala sus tonos al lienzo
para encender un colorido incienso,
como palabras que la gota empuja.

El corazón es el dueño de la gota,
y como firma termina mojada;
es el símbolo de la creación.

Dos pedazos de color en derrota,
corazón y la gota separada;
símbolo de toda separación.

XIII

Este verso y siempre

El vacío de una noche sin luna
que rompe una luz y pierde el sentido
ataca al pecho y quema un latido,
dañando lo que dormía en mi cuna.

Es una luna que, como ninguna,
la que ha mantenido a mi amor dormido,
mientras susurra el soneto escondido
en una noche que siempre será una.

Tic-toc: el segundo se desperdicia
por un orgullo vacío de mérito,
no sé, pero siempre lo abrazaré.

Tic: el primero se quedó en caricia,
atrapado en las letras de un pretérito:
en este verso y siempre lo amaré.

XIV

Líquido de la esencia

Rimas que como agua en un verso vierto

y se entierran letras al respirar

inhalando el soplido sin quemar

las palabras que crecen en el huerto.

Los elementos me dejan cubierto

cuando voy bajo la piel a entrar;

en líquido es como puedo escapar

porque en una lágrima me convierto.

Es el líquido puro de la esencia

que llega como gotas a la tierra

y renace en caricias sin aliento.

Desapercibido sin mi presencia

arranco el corazón cuando se cierra

para que no lo ahogue el sufrimiento.

XV

Soñar es herejía

Soñaba contigo cuando quería,

y aún lo hago, deseo, sí, lo digo

porque vivo mi palabra contigo;

por eso, vivo en sueños todavía.

Soñar contigo ahora es herejía,

pero todavía escribo en tu ombligo

y en tu cuerpo que se moja conmigo

porque la lluvia no terminaría.

Ojos cerrados y sigo soñando,

mi piel vibra; algo externo me controla

¿Qué será esto que se hace mi dueño?

Sueño, pero siento que te estoy amando,

y una palabra se me escapa sola;

la convierto en los versos de este sueño.

XVI

Sonrisa caducada

Fui lo que vi en el borde de la noche

en un pretérito de lo ya escrito

que esculpía el amor de un monolito,

siendo otro igual como un dulce reproche.

Con el lápiz traté de abrir el broche

y cerrar el cerrojo de un garito

para decir en un verso infinito

que no hay palabra que sea un derroche.

¿Quién soy? Sé que para algunos soy nada;

cuando hoy soy letras, para otros hoy soy algo;

para todos, soy piel cuando convengo.

Soy verdad con sonrisa caducada;

para Dios, soy un adiós cuando algo valgo;

para mí, yo soy lo único que tengo.

XVII

Llegarán mis canciones

Dime dónde estás, ¿dónde te escondiste?

Juegas conmigo y te vas sin decirme;

cuál vía seguir para no rendirme

huele a tinta el rastro por donde fuiste.

Otra vez, otro amanecer desviste

a la sonrisa que te sigue firme,

solo la escribo y describo sin irme;

me quedo; sí, me quedo con lo triste.

¿Dónde estás? No fuiste de vacaciones.

¿Dónde estás? Tic-toc-tac, suenan los meses;

si me voy, ¿quién más por ti cantará?

Llegaré cuando lleguen mis canciones;

si esta llega, te pido que regreses

o me digas quién por ti llegará.

XVIII

Reloj del raciocinio

Te pienso y no te paro de pensar...
Por pensarte, siempre estás conmigo,
solo un pensamiento es lo que consigo
y me establezco como único hogar.

Tic-tac-toc, despierto sin escuchar
el sonido hogareño de tu abrigo,
pues, con el calor de mi lápiz sigo
esperando a que me vuelva a despertar.

Me despierta el reloj del pensamiento
sin la voz dulce de la lejanía,
la que ya no se oye en el vaticinio.

Despierto sin ningún presentimiento
pensando que pensar causa alegría,
tic-tac en el reloj del raciocinio.

XIX

Libertad encerrada

Veo la luz, la que alcanzo y no toco,

la comparto con el que su pan parte

para que la haga suya, su baluarte,

y no le falte nada al tener poco.

Pan y luz: palabra, su brillo evoco

y lo derramo sobre quien comparte

sus palabras... letras... su mano y su arte:

con ello al maldito encierro revoco.

Luz y libertad... Libre cada abrazo

del brazo al que se le cae una gota,

dando su luz a las vidas ajenas.

Libertad y vida... Tengo un pedazo

que lo logra el verso y no la derrota,

ni ningún encierro, ni las cadenas.

XX

Las llaves del paúl

Versos libres, sílabas descompuestas...

Separadas... un ápice sutil,

un día robado en el mes de abril,

una lucha y veintiún protestas.

Versos libres, sonetos en palestras,

composiciones de aspecto pueril

conformadas con su nuevo perfil

de ser verdad... y las llaves maestras.

Veintiún llaves —cerraduras del paúl—

abren solo un fragmento del pantano

para acomodarse en su eterna estancia.

Verdad es libre porque abre su baúl

y rompe la coraza del arcano

para traer luz ante la ignorancia.

XXI

Vientre de Cibeles

Tierra de una sola luna en la noche

donde habita el olvido entre las pieles,

en las que se gestan los actos crueles

con el fin de abrirle al averno el broche.

De la abertura nace un alimoche

como fruto del vientre de Cibeles;

el que deja sus versos en papeles

y define la verdad del derroche.

La justicia tiene el rostro del mal

porque el mal tiene a la justicia oculta,

atrapada entre cadenas de sal.

El alimoche libera y resulta

que los papeles quedaron dispersos,

verdades sueltas en catorce versos.

XXIVIXIIIXVI

Alexánder Rivera Velázquez

Acerca del autor

Alexánder Rivera Velázquez
24 de marzo, Juncos, Puerto Rico

Profesor de Español desde 2011 hasta la actualidad. Cautivado por la poesía petrarquista, se ha destacado en la creación de sonetos y otras obras poéticas. Además, en el mencionado género, ha llevado dos de sus piezas a las antologías Poetas intensos y Máscaras, de una editorial puertorriqueña. Comenzó a interactuar con la narrativa contemporánea de la Isla en el 2016, año en que comenzó sus estudios graduados en la Universidad del Sagrado Corazón (Santurce, Puerto Rico) en la maestría de Creación Literaria.

Made in the USA
Columbia, SC
23 May 2023

16499021R10098